Küsse in der Polarnacht

Liebe auf Schwedisch

Emily Ferguson

Die Autorin

Emily Ferguson wurde 1981 in Killeen/Texas geboren und ist in Deutschland aufgewachsen. Inzwischen wohnt die Autorin mit ihrer Familie in Nürnberg. Sie liebt das Reisen mit dem Rucksack, vor allem in den USA, wo sie sich zu ihren zeitgenössischen, romantischen Romanen inspirieren lässt.

In ihren Geschichten geht es um Abenteuer, die Liebe, Familiengeheimnisse, starke Frauen und ihre Reise, nicht nur in ferne Länder, sondern auch zu sich selbst. Wenn Emily Ferguson nicht schreibt oder unterwegs ist, liebt sie Gesellschaftsspiele mit der Familie, geht in die Natur zum Geocachen oder Wandern und fotografiert mit großer Leidenschaft.

Mehr über Emily und ihre Bücher gibt's im Internet auf emilyferguson.de sowie auf Facebook und Instagram:
www.facebook.com/EmilyFergusonAutorin
www.instagram.com/emily_ferguson_autorin

Romanreihe von:

Emma Wagner ♥ Liebe auf Glatteis

Mela Wagner ♥ Träume im Winterland

Saskia Louis ♥ Knistern im Schneesturm

Emily Ferguson ♥ Küsse in der Polarnacht

Ellen McCoy ♥ Glück unter Sternschnuppen

Dies ist ein Gemeinschaftsprojekt.
Die Bücher können unabhängig voneinander gelesen werden.

1

ELINA

Frisch gefallener Schnee knirscht unter meinen Gummitretern. Normalerweise ein Geräusch, das mich beruhigt. Normalerweise … Heute ist das Gegenteil der Fall, und weder die knapp zwei Kilometer, die ich bisher marschiert bin, noch der kalte Wind kühlen die hitzige Wut in mir. Entschlossen stapfe ich zum Wellnessklotz, dem neuen Hotel am See, dessen Besitzer ich in seiner eisigen Tiefe versenken werde.

»Hej Elina, schön dich zu sehen. Wie gefällt dir mein neuer Look?«

Ulv, der offensichtlich eine Art Türsteher darstellen soll, steht mit stolzgeschwellter Brust vor mir und fährt mit seinen Händen über das alberne Sakko.

»Gratuliere, Niklas hat also endlich einen Mann aus dir gemacht. Sicher hast du wahnsinnig viel zu tun, unglaublich, dass du ihm hilfst, mir die Gäste abspenstig zu machen. Wehe, ich sehe dich in nächster Zeit in der Nähe des Sundberghus'.«

Er lacht, wirkt allerdings nicht sehr beeindruckt und macht keine Anstalten, zur Seite zu gehen. »Elina Sundberg, gut gelaunt wie immer.«

»Lass mich vorbei, Ulv, ich hab gerade echt keinen Nerv auf Geplänkel. Oder soll ich dem Bürgermeister das peinliche Bild vom letzten Wochenende schicken? Du erinnerst dich?« Sein Gesicht färbt sich dunkelrot, aber dennoch bewegt er sich nicht von der Stelle. Also ziehe ich mein Handy aus der Tasche und halte es ihm drohend unter die Nase. »Ich habe ja keine Ahnung, wie hoch die Bußgelder dafür sind, nackt lebenden Baumschmuck auf der Weihnachtsfichte am Marktplatz zu spielen.«

»Schon gut, schon gut«, murmelt er, hebt ergeben die Hände und macht schließlich einen Schritt zur Seite, um mich vorbeizulassen.

Ein Grinsen huscht über meine Lippen. Manchmal hat es eben doch seine Vorteile, in einem Nest wie Lillaström zu leben.

In der Lobby bleibe ich kurz stehen, um mich zu orientieren. Allein die Dimensionen des Eingangsbereichs sind überwältigend. Ich drehe mich um die eigene Achse und steuere dann die Rezeption an, die sich rechts kurz hinter dem Eingang befindet und an der ich glatt vorbeigelaufen bin.

»Wo finde ich Niklas?«

Die zwanzigjährige Anna, die seit zwei Jahren im Dorf erzählt, sie fange demnächst eine große Modelkarriere an, grinst mich mit kirschroten Lippen freundlich an. »Willkommen im *Hotel Sjöutsikt*, deiner Wohlfühloase am See, was kann ich für dich tun?«

»Schon klar, Anna, spar dir deinen Werbetext. Ist er da?«, fahre ich sie, zugegeben, etwas schroff an.

Reiß dich zusammen, denke ich mir und atme tief durch. Schließlich kann Anna nichts für ihren dämlichen Chef.

»Einen Moment, bitte.« Sie wirft ihr wallendes weißblondes Haar zurück, wobei mir eine Wolke ihres süßen Parfüms entgegenweht und mich in der Nase kitzelt. Während sie auf ihren nigelnagelneuen Computer sieht, nutze ich die Zeit, mich ein wenig umzuschauen.

Die Einrichtung des Hotels trifft nicht meinen Geschmack. Das Interieur wirkt so kalt wie unsere Nächte hier im Winter. Trotzdem muss ich mir eingestehen, dass es sicher Menschen gibt, die dies ansprechend finden könnten. Alles ist farblich perfekt aufeinander abgestimmt. Graue Betonwände, Designermöbel und hellgrüne Farben in Dekoration und an den Wänden, sowie große Pflanzen, die die Atmosphäre auflockern.

Ich strecke meinen Rücken durch, denn das alles wird mich nicht einschüchtern. Ungeduldig tippe ich mit dem Zeigefinger auf den Betontresen. »Anna?«

»Ich bedaure, Niklas hat keinen Termin vermerkt. Wenn du möchtest, bringe ich gern in Erfahrung, ob er sich ein paar Minuten Zeit nehmen kann. Wen darf ich ankündigen?«

Ich rolle mit den Augen. Ignoriere aber ihre dämliche Frage nach meinem Namen, den sie so sicher kennt wie alle anderen in Lillaström.

»Richte Niklas Löfgren aus, dass Elina hier ist, und sage ihm, dass ich erwarte …«

»Linni?« Ich drehe mich zu der tiefen, rauen Stimme um, die meinen Namen spricht und ein ungeahntes Beben in mir auslöst. Ein Beben, so überraschend, dass ich zusammenzucke. Mit schweren Beinen umklammere ich den Tresen und starre ihn an.

Niklas, der direkt vor mir steht, greift nach meiner Schulter. »Alles in Ordnung?«

So unauffällig wie nur möglich ringe ich nach Atem, nach Contenance und weiche zurück. Vorsichtshalber nehme ich aber dennoch auf einem der Barhocker vor der Rezeption Platz. »Geht schon«, grummle ich.

»Bist du sicher? Du warst auf einmal so blass und dann …«

»Ich sagte doch, es geht!«

Er tritt einen Schritt zurück und hebt beschwichtigend beide Hände. »Wie du meinst. Wobei kann ich dir helfen? Ich habe viel zu tun, aber ein paar Minuten können wir sicher sprechen.«

Meine Unsicherheit, von der ich keine Ahnung habe, weshalb sie überhaupt da ist, verpufft mit seinen

Worten. »Keine Sorge, ich werde deine ach so wertvolle Zeit nicht allzu lange in Anspruch nehmen, Mister Wichtig.«

»Was in aller Welt ist …«, beginnt er, wendet sich dann aber zu Anna. »Bring uns bitte Wasser in mein Büro, ja?« Gebannt blickt sie von mir zu Niklas. »Anna«, holt Niklas sie aus ihrer Gedankenwelt, in der sie sicher den neuesten Tratsch zusammenbastelt. »Anna!«

»Schon gut, schon gut. Wasser kommt sofort.«

»Folge mir, Linni!«

Seine Stimme ist distanziert und die Art, wie er mir eher befiehlt, als zu fragen, lässt meinen Puls erneut rasen. Und er sagt Linni. Jahrelang hat niemand mich mehr so gerufen und plötzlich höre ich den Namen ständig. Erst von Lov, meiner verloren geglaubten Schwester, und jetzt von Niklas. Beide sind wie nie dagewesene Geister aus meinem Leben verschwunden und genauso wieder aufgetaucht. Wobei ich auf ihn verzichten kann.

Niklas folgend, habe ich Zeit, ihn zumindest von hinten genauer zu mustern. Er trägt einen Anzug, was mehr als fremd an ihm wirkt. Er ist immer der Lässige gewesen: Baggy Pants, zertretene Turnschuhe und Kapuzenpulli. Jetzt ist er so erwachsen, glatt und mit seinen gegelten Haaren wirkt er geradezu schmalzig … Doch eines ist er nicht. Gealtert. Es ist, als wäre er die letzten zehn Jahre eingefroren gewesen, um in einem neuen Gewand, vom unbedarften jungen Mann zum vermögenden Hotelbesitzer, zurückzukommen. Während ich … Verstohlen blicke ich an mir hinunter.

Da ist sie wieder. Die Wut, die sich den ganzen Vormittag in mir gestaut hat und ihren Höhepunkt erreichte, als ich durch die Pforte dieses Hotels kam. *Es gibt einen Grund, weshalb du hier bist*, erinnere ich mich und balle die Hände zu Fäusten.

Niklas öffnet eine milchverglaste Schiebetür, die ein Büro offenbart, das die Größe meiner Wohnung hat. Er deutet auf eine Sitzecke und ich nehme Platz. Versunken in einem Highend-Loungesessel schrumpfe ich vor ihm zusammen wie ein Luftballon, der zu lange neben einer Heizung lag. Ehe mich das Möbelstück verschluckt, rutsche ich an seinen Rand und recke das Kinn ein wenig.

»Du siehst …« Er legt den Kopf schief und mustert mich einen Moment wie eine exotische Pflanze, die er nicht einordnen kann. Dann löst er seinen Blick und geht hinüber zu seinem Schreibtisch. »Einen Moment, ich leite eingehende Anrufe um.«

Verdammt! Ich hätte mich wenigstens umziehen können, bevor ich wutentbrannt reinstürme und jetzt hier sitze wie eine Jungfer, deren bessere Tage lange vorbei sind. Aber dass er zuerst eine Äußerung über mein Aussehen andeutet, um dann nichts, rein gar nichts zu sagen, trifft mich schon. Hält er sich tatsächlich für etwas Besonderes? Ich presse die Lippen aufeinander und weiche seinem Blick aus, der mich so wütend macht, dass ich am Ende Dinge sage, die ich bereuen könnte. Meine rot-grün gepunkteten Gummistiefel bilden einen derben Kontrast zum hellen Teppich und überhaupt zu allem hier drin, inklusive Niklas. *Gut so*, denke ich und streife die schlammigen Sohlen kräftig in den sandfarbenen Teppichfasern ab. Ich stoppe, als er sich zu mir umdreht.

»Was genau ist dein Problem?«, will er wissen und setzt sich mir gegenüber in einen Sessel. Allein für seine Gelassenheit, die Ruhe in seiner Stimme, bin ich bereit, als erste Mörderin Lillaströms in die Geschichte einzugehen.

Bevor ich mich mit einer Antwort bewaffnen kann, wird die Tür geöffnet und Anna tänzelt in ihren schwindelerregend hohen High Heels und mit dem Wasser herüber. Nachdem sie Niklas einen Augenaufschlag zuwirft und sehr tief in ihren Ausschnitt blicken lässt, scannt sie mich langsam von oben bis unten. An meinen Gummistiefeln und den Flecken angekommen, die sie hinterlassen haben, weiten sich ihre Augen und ihr Kopf schnellt nach oben. Ich zucke leicht die Schulter und schenke ihr ein Zuckerwattelächeln.

»Danke«, entlässt Niklas Anna, die dann nickt und das Büro verlässt.

»Bist du wütend, weil ich mich nicht habe blicken lassen?«, will er wissen und schenkt in beide Gläser Wasser ein.

»Wie bitte?«

»Ich verstehe das. Es ist nur, ich ...«

»Verschone mich«, stoppe ich ihn und weiß wieder ganz genau, weshalb ich hier bin. »Ich habe nicht erwartet, dass du auf eine Tasse Kaffee vorbeikommst. Sicher nicht. Aber dass du so dermaßen berechnend bist und uns schaden willst. Nicht nur, dass du dieses Ding eröffnest ... Jetzt stiehlst du auch noch unsere Idee.« Meine Muskeln sind angespannt und ja, um ehrlich zu sein, kann ich es immer noch nicht fassen, dass er schon bald drei Monate hier ist, ohne sich bei mir gemeldet zu haben ... Aber darum geht es jetzt nicht.

»Ich habe was?«

Einen Moment starre ich ihn ungläubig an. »Oh, bitte, du kannst aufhören, den Unwissenden zu spielen.«

Seine Stirn kräuselt sich und die hellen Augen verdunkeln sich um ein paar Nuancen. »Es reicht! Du kommst hier rein, veranstaltest einen Zirkus, blamierst mich vor meinen Mitarbeitern. Wenn du was zu sagen hast, dann tu das, aber verschwende nicht meine Zeit. Bei aller Freundschaft und was uns verbindet ...«

Hat er gerade Freundschaft gesagt?

»Freunde?«, speie ich ihm entgegen. »Bindung? Das sind doch Fremdworte für dich. Du solltest bei deinen Lieblingsworten bleiben: Arroganz und vor allem Egoismus.« Während die Worte nur so aus mir hinaussprudeln, öffne ich schwungvoll meine Tasche und krame die Zeitung heraus, um sie ihm vor die Nase zu halten. Er nimmt sie entgegen und schüttelt leicht den Kopf. Mit dem Zeigefinger tippe ich auf die Anzeige.

Niklas fährt sich durchs dunkle Haar, das er ein wenig länger trägt als früher. Und trotzdem sieht er gerade genauso aus wie damals. Mein Brustkorb verengt sich bei der Erinnerung an längst vergangene Zeiten. Zeiten, in denen wir Freunde waren, zusammen aufgewachsen sind und später … Er mag aussehen wie damals, aber sonst … Wie kann sich ein Mensch, von dem man dachte, ihn zu kennen, nur so sehr verändern?

»Linni, die Annonce habe ich selbst aufgebeben, also was willst du mir damit sagen?«

Linni. Erneut schafft er es, mich mit nur einem Wort, der Abkürzung meines eigenen Namens, aus dem Konzept zu bringen. Zumindest für einen Moment.

Ich starre ihn an, er sieht mir direkt in die Augen und unsere Blicke verfangen sich. Ich räuspere mich, nehme ihm die Zeitung ab und zeige an den unteren Rand, wo die Anzeige des Bed and Breakfast steht und im Vergleich zu seiner aussieht wie die kleine Schwester von nichts.

Erneut sieht er angestrengt darauf. »Oh«, sagt er nach einer Weile. »Am selben Tag?«

»Mehr fällt dir dazu nicht ein? Ein ›Oh‹?«

Er legt den Kopf schief und sieht zu mir, zur Zeitung und dann wieder zurück. »Du glaubst, ich habe den Termin für meine Veranstaltung bewusst auf denselben Tag gelegt?« Er lacht laut auf und ich schnelle hoch.

»Ja, allerdings. Das glaube ich«, zische ich. Wie kann er es wagen, mich auszulachen?

»Linni, was willst du von mir?«

»Ich möchte, dass du deine Einladungen zurückziehst«, sage ich fest und straffe meine Schultern. Mein Blick haftet auf seinem, entschlossen, diese Schlacht zu gewinnen.

Seine Mundwinkel zucken erneut. Wehe, wehe er … Und er tut es schon wieder. Er lacht herzlich drauflos.

»Das ist nicht witzig!«, zische ich. Er schüttelt den Kopf und wischt sich eine Träne aus dem Augenwinkel. »Du wirst die Anzeige also nicht zurückziehen?«

»Auf gar keinen Fall, was denkst du nur? Aber das kenne ich ja von dir. Anstatt zuerst einmal zu überlegen, ob deine Fantastereien Sinn ergeben, stürmst du drauflos, überzeugt von deiner Ansicht, und rennst alles um, was dir im Weg steht. So läuft das nicht, diese Zeiten sind vorbei. Werd erwachsen. Offensichtlich hast du ein Problem mit dem Hotel. Oder geht es in Wahrheit doch um etwas ganz anderes?«

»Um was sollte es sonst gehen?«, frage ich, selbst über meine ruhige Stimme erstaunt. Wie zwei Fremde stehen wir einander gegenüber und die Erkenntnis dessen trifft mich tief und schmerzend. »Wenn du glaubst, es geht um dich oder um unsere ›Freundschaft‹ …« Ich male Gänsefüße in die Luft. »… oder alles andere, was zwischen uns war … Du irrst dich. So wie ich das sehe, war dein Verschwinden das Beste, was mir passieren konnte.«

Niklas schnaubt und marschiert kopfschüttelnd durch das Büro, während ich mich keinen Millimeter bewege. Dann stellt er sich wieder genau vor mich. Mit kaltem Blick sieht er mich an und sofort zieht sich eine Gänsehaut über meinen Körper. Ich weiche nicht zurück, als er die kleine Lücke zwischen uns schließt.

»Womöglich glaubst du, es gibt auf dieser Welt nichts als dich, und alles und jeder müsse sich um dich drehen. Vielleicht solltest du von deinem hohen Ross herunterkommen. Denn während ich die letzten Jahre an mir gearbeitet habe, stehst du hier und es ist immer noch dasselbe. Funktionieren die Dinge nicht so, wie sie dir gefallen, wirst du zur Furie. Aber jetzt für dich zum Mitschreiben: Es interessiert mich nicht, was du willst oder warum du denkst, dass ich etwas für dich tun sollte, wenn du dich so verhältst. Und ja, vielleicht ist es besser, dass sich unsere Wege getrennt haben, aber jetzt bin ich hier und du solltest dich besser daran gewöhnen. Und wenn du sonst nichts mehr für mich hast, entschuldige mich bitte, ich habe zu tun.«

Ich schlucke hart. Jedes seiner Worte hallt in mir nach und bohrt sich schmerzend durch meine Eingeweide. Mir ist schlecht. Ich greife zum Wasser, halte seinen Blick und trinke einen kleinen Schluck.

»Daran werde ich mich nicht gewöhnen, Niklas. Und du kennst mich kein bisschen. Aber danke für das Wasser.«

Und dann passiert es einfach: Wie in einem dieser schlechten Filme hebe ich mein Glas und schütte ihm das Wasser geradewegs ins Gesicht, schnappe mir meine Tasche und stürze aus seinem versnobten Büro. Meine Augen brennen und heiße Tränen bahnen sich ihren Weg über meine Wangen. Vor Wut, vor Scham und auch ein bisschen vor Enttäuschung.

Mein Blick verschwimmt, während ich die Briefe durchgehe, die heute mit der Post kamen. Schon beim Anblick der Absender weiß ich, was mich nach dem Öffnen erwartet. Mahnungen, nicht die ersten. Ich schlucke und schließe die Augen, atme tief durch.

Meine Finger zittern, als ich das Schreiben der Bank in den Händen halte. Die letzte Chance, die mich davor bewahren könnte, Schritte in die Wege zu leiten, die das endgültige Aus unseres Familienunternehmens zur Folge haben. Ich halte die Luft in meiner Lunge gefangen und überfliege den Brief. Die Signalworte brennen sich auf meine Netzhaut und bevor ich ihren Sinn realisiere, erklärt mir aufsteigende Übelkeit den Rest. Viele Möglichkeiten bleiben mir nicht. Eigentlich keine.

»Linni!«

Erschrocken greife ich nach den Briefen und stecke sie in die Schublade der Kommode, wische mir über die Augen und drehe mich zu Lovisa, die irritiert dreinblickt. »Du hast mich erschreckt«, erkläre ich. »Und nenn mich nicht Linni!«

Sie runzelt die Stirn und legt ihren Kopf schief. »Okay, du bist scheiße drauf und ich gehe mal davon aus, dass das mit keinem geringeren als Niklas zu tun hat.«

Einen Augenblick überlege ich, Lov zu erzählen, wie schlimm es um unser Bed and Breakfast steht und wie wenig Optionen verbleiben. Ein Teil von mir möchte das wirklich und doch bringe ich es nicht übers Herz, noch nicht. Immerhin ist Lov endlich zurück und hier, um mir zu helfen. Was, wenn sie genauso schnell wieder verschwindet, sobald sie erfährt, dass es aussichtslos ist? Ich brauche sie gerade mehr denn je.

Abwartend sieht sie mich an.

»Niklas, ja. Es war … Er ist eine Katastrophe.«

»Erzähl mir das in Ruhe, ich habe Zimtschnecken besorgt.«

»Ich bin wütend, Lov. So wütend. Wie kann er mich, uns, so demütigen? Er wird die Einladungen zu seiner Eröffnung nicht zurückziehen und somit haben wir ein Problem. Es wird niemand zu unserer Veranstaltung kommen. Ich meine, du hast das Line-up gesehen.«

»So wirklich habe ich ohnehin nicht damit gerechnet. Aber dass er uns nicht wenigstens entgegenkommt. Immerhin sind wir zusammen aufgewachsen. Er war wie ein Bruder, als wir klein waren. Und ihr später …« Lovisa stoppt und ich winke seufzend ab.

»Vergangenheit, zum Glück. Der hat sich zu so einem versnobten Arschloch entwickelt.«

»Wer weiß, was die letzten zehn Jahre in seinem Leben los war. Kann es nicht sein, dass es dich schon ein wenig ärgert, dass er sich gar nicht gemeldet hat? Immerhin ist er schon drei Monate im Ort«, fühlt Lovisa vorsichtig vor.

Darum geht es nicht. Und das tut es wirklich nicht. Er ging still und heimlich und ganz seinem Typ entsprechend kam er genauso zurück. Um ehrlich zu sein, war sein Gehen weit schmerzhafter.

So sehr ich mich bemühe mit meinen Gedanken und Gefühlen in der Gegenwart zu bleiben, bin ich plötzlich mitten in meiner Erinnerung. Dabei möchte ich weder zurück zu dem Tag, an dem ich Niklas gebeten habe, mir noch ein halbes Jahr Zeit zu geben, hier alles in Ordnung zu bringen, ehe ich mit ihm fortkann. Noch weniger zum Tag darauf, als seine Antwort nicht mehr als ein paar lieblose Worte auf einer Karte war, die das Schweigen am Tag zuvor unterstrich. Es war nicht einmal eine besonders Hübsche, sondern eine, die man an Zuhausegebliebenen schickt, wenn man sich im Urlaub befindet. Schnee, Kälte und ein leeres Herz. Das war alles was er hierließ.

»Elina?«, holt mich Lov aus meinen Gedanken, die ich schnell dorthin zurückschiebe, wo sie sich die letzten zehn Jahre befunden haben. Tief in mir verborgen. Ich zucke die Schultern. »Was er erlebt hat und wie lange er schon hier ist, das interessiert mich herzlich wenig. Wir haben ganz andere Probleme«, lenke ich ab.

Lov schiebt die Lippen gegeneinander. Vor, zurück, vor, zurück, wie sie es immer tut, wenn sie nachdenkt. Trotz allem grinse ich. Wie sehr habe ich ihre verrückte Art vermisst. Während sie offensichtlich angestrengt überlegt, blicke ich durch die Wohnküche in die Stube, in der Pappa in seinem Relaxsessel liegt.

Ich atme tief durch. »Hat er noch Schmerzmittel gebraucht?«

Lov folgt meinem Blick und seufzt. »Du kennst ihn, stur wie ein Esel. Ich kann immer noch nicht glauben, dass er barfuß an den Briefkasten wollte. Er kann froh sein, dass es ›nur‹ ein Beinbruch ist.« Sie malt Gänsefüßchen in die Luft. »Und klar hat er Schmerzen gehabt, war ganz blass und hat geschwitzt. Doch das verschriebene Medikament von Dr. Peterson nehmen? Keine Chance.«

Ich nicke wohlwissend. »Gut, dass er trotzdem eingeschlafen ist.«

Lov grinst.

Ich schaue sie fragend an und ahne es. »Ne, oder? Du hast sie ihm …«

Sie zuckt die Schultern. »Es ist zu seinem Besten und die zermahlene Tablette in seiner Suppe hat er nicht mal geschmeckt.«

Wir lachen und ich reiche ihr meine Hand über den Tisch. »Danke, dass du gekommen bist.«

»Klar«, erwidert sie mit einem warmen Lächeln. »Aber jetzt hör auf abzulenken! Du hast Niklas nach zehn Jahren das erste Mal wieder so richtig gesehen. Dafür wirkst du recht entspannt.«

Ich seufze. »Es war alles andere als entspannt.«

2

NIKLAS

Auch Stunden nach Linnis Überfall geht mir die Sache nicht aus dem Kopf. Unglaublich, dass sie mir das Wasser ins Gesicht geschüttet hat. Ich habe sie schon oft etwas überdreht erlebt, aber das ... Dass sie tatsächlich in mein Hotel spaziert und glaubt, ich würde das Event absagen, nur weil sie es so wünscht? Und wehe, etwas geschieht nicht ihren Vorstellungen entsprechend!

Seufzend fahre ich meinen PC runter, an Konzentration ist ohnehin nicht mehr zu denken. Mein Handy gibt ein Nachrichtensignal von sich und eine Sekunde denke ich, dass es womöglich Elina ist, die sich für ihr Verhalten entschuldigen will. Enttäuscht lese ich Siskas Namen auf dem Display.

Hej, Lust auf ein Treffen heute Abend?

Ich schüttle den Kopf. Siska wurde mir vor ein paar Wochen auf Tinder vorgeschlagen, und das ist nicht sehr überraschend in Anbetracht dessen, dass die Auswahl an Singlefrauen in Lillaström überschaubar ist. Und ja, sie hat sich in den letzten zehn Jahren zu einer durchaus attraktiven Frau entwickelt. Doch schon nach wenigen Gesprächen war klar, dass zwischen uns nichts laufen würde. Zumindest von meiner Seite aus nicht. Ihr sehr deutliches Angebot, sich trotzdem hin und wieder zu treffen, habe ich ausgeschlagen. Reicht auch schon so, dass aus welchem Grund auch immer alle im Dorf denken, ich wäre eine Art Gigolo.

Tut mir leid, ich hatte einen grausamen Tag. Heute nicht.

Im Vergleich zu Siska hat Linni sich kaum verändert: impulsiv, kämpferisch und von ihrer Meinung überzeugt, komplett festgefahren, und dennoch weich und liebevoll. Diese Gegensätze machen sie so unwiderstehlich wie Karamell mit Salz. Hat man einmal davon gekostet, macht es süchtig. Diese Wirkung hatte sie zumindest früher auf mich. Heute war ich einfach nur wütend. Dass sie wirklich denkt, ich wollte dem Bed and Breakfast Sundberghus und damit ihr schaden … Was bitte hätte ich für ein Interesse daran?

Es ist kein Geheimnis, dass es um das Bed and Breakfast schlecht gestellt ist, auch wenn Linni mit Herzblut für das Überleben des Familienunternehmens kämpft. Aber dass sie die Ursache gerade in mir sieht? Was für ein Schwachsinn. So habe ich mir unser Wiedersehen nicht vorgestellt. Um ehrlich zu sein, bin ich ihr seit meiner Rückkehr nach Lillaström aus dem Weg gegangen. Unsere Beziehung hat nicht gerade so geendet, dass noch etwas wie Freundschaft hätte übrigbleiben können. Und ja, hin und wieder habe ich sie die letzten Jahre vermisst. Immerhin sind wir miteinander aufgewachsen. Verdammt! Keine Ahnung, wie ich mir unsere erste Begegnung seit Jahren vorgestellt hatte. Vielleicht, dass wir netten Smalltalk führen? Was für ein Traumgedanke. So, wie sie mich angefunkelt hat … Sie war kälter als die zentimeterdicke Eisplatte auf dem See, auf den ich von meinem Büro aus schaue.

Erneut blicke ich auf mein Handy. Ich bin mir nicht sicher, ob Siska sich tatsächlich damit abgefunden hat, dass ich weder Freundschaft noch irgendetwas anderes möchte. Auf jeden Fall antwortet sie nicht mehr, stelle ich erleichtert fest. Heute Abend werde ich nichts weiter tun, als in die Bar zu gehen, um diesen verrückten Tag ausklingen zu lassen.

Das Hörnan, Eriks Bar: Das Herzstück Lillaströms, der Ort, an dem man den Alltag direkt an der Theke abgibt. Das dachte ich zumindest. Eriks verschmitztes Lächeln, das mich schneller erreicht als der süßlich würzige Glöggduft, der in der Luft liegt, belehrt mich eines Besseren.

Ergeben schlurfe ich an die Bar. »Anna?«

Er zuckt die Schultern und fährt sich über seinen dichten Bart. »Was soll ich sagen, sie hat es Vera erzählt und Vera hat beim Einkaufen …«

»Mir hat sie es ebenfalls erzählt«, mischt sich Joris ein und hebt sein Glas zum Gruß.

Ich seufze. »Dann könnt ihr mich vielleicht auch aufklären, was in sie gefahren ist.«

Joris zuckt die Schultern und sieht verstohlen in sein Glas. Erik hüllt sich in Schweigen.

Ich seufze. »Also gut, Erik, gibst du mir bitte eins vom Fass.«

Er nickt, stellt mir das Bier auf den Tresen und schiebt einen Schnaps daneben. »Nach meiner neuen Weihnachtsrezeptur. Den kannst du heute gebrauchen, was? Wenn Elina sauer ist, kann sie einem ganz schön die Hölle heiß machen.«

»Oder das Gesicht nass machen«, wirft Per ein, der wie immer direkt neben Joris sitzt.

»Schon gut, schon gut«, beruhige ich die lachenden Männer an der Bar. »Erik, eine Runde auf mich, vielleicht halten die Tratschweiber neben mir dann endlich die Klappe.«

Erik zuckt die Schultern. »Würde ich nicht drauf wetten, aber einen Versuch ist es zumindest wert. Und was Elina angeht, vielleicht kann dir Bjorn weiterhelfen.« Erik deutet mit seinem Kinn an mir vorbei zu Bjorn, der gerade durch die Tür kommt und sich die Hände warm reibt.

Ich nicke. »Kannst du ihm auch eines an den Tisch bringen?« Ich schnappe mir mein Bier und auf dem Weg zu Bjorn stelle ich es auf einen der kleinen leeren Holztische. »Hej, wie geht es dir? Alles in Ordnung?«

Er grinst und somit ist klar, er ist ebenfalls im Bilde.

Ich seufze. »Kannst du mir sagen, was in deine Schwester gefahren ist?«

Meine Freundschaft zu Bjorn ist etwas Besonderes. Selbst die zehn Jahre, in denen jeder von uns seinen eigenen Weg ging, änderten nichts daran. Wir wuchsen zusammen auf wie Brüder und das hat uns zusammengeschweißt. Und in der Vergangenheit ist er zwischen mir und Elina immer die Schweiz gewesen, derjenige, der vermittelt hat, ohne sich auf eine Seite zu schlagen.

»Diesbezüglich hat sich also nichts verändert. Wann werdet ihr endlich erwachsen und klärt eure Angelegenheiten untereinander?« Er schüttelt den Kopf und setzt sich, nachdem er seine feuchte Jacke aufgehängt hat.

»Du hättest sie erleben sollen. Ich weiß, du möchtest dich nicht einmischen. Aber kannst du nicht mal mit ihr sprechen? Wie soll das in Zukunft funktionieren? Auch wenn wir nicht viel miteinander zu tun haben. Sich in Lillaström aus dem Weg zu gehen, ist unmöglich«, sage ich.

»Und du denkst ernsthaft, sie wird auf mich hören? Du kennst doch Elina. Wenn du dich nicht bei ihr entschuldigst, sehe ich keine Chance.«

»Wenn sich jemand entschuldigen sollte, dann ist das Linni.«

»Du wolltest meine ehrliche Einschätzung. Das ist sie.«

»Dann wird sie eine Weile wütend sein müssen. Auch wenn es dafür absolut keinen Grund gibt. Im Ernst, wie kann sie so von mir denken?«

Bjorn schweigt, und ich kenne ihn gut genug, um zu wissen, dass er die richtigen Worte abwägt.

»Sag, was du denkst«, bestärke ich ihn.

»Um ehrlich zu sein, ist Elina nicht die Einzige in Lillaström, die dein plötzliches Auftauchen seltsam findet. Okay, du hast von deinem Onkel geerbt … aber warum bist du nicht in Amerika geblieben? Und dann das Hotel? So ganz verstehe ich das auch nicht.«

Mittlerweile wird das Hörnan voller und ein Singsang aus fremd klingenden Sprachen einiger Touristen und Schwedisch überdeckt die Weihnachtsplaylist. Christmas-Rock-Hits, die Erik, seit ich denken kann, ab Mitte November spielen lässt. »Was gibt es da nicht zu verstehen? Ich bin hier aufgewachsen und ja, ich habe geerbt, aber selbst wenn ich wollte, reicht das Geld nicht bis an mein Lebensende. Folglich muss ich arbeiten und wie du weißt, gab es hier bisher kein Hotel.«

»Hm«, ist alles, was Bjorn dazu sagt.

»Wie auch immer. Ob sie will oder nicht, sie wird akzeptieren müssen, dass ich nun mal hier und Besitzer des Hotels bin.«

Bjorn trinkt einen großen Schluck von seinem Bier und sieht mich dann mit einem leichten Vorwurf an. »Kannst du dich gar nicht in sie reinversetzen? Das Wasser steht ihr bis zum Hals. Ich muss dich enttäuschen, es geht nicht darum, was sie von dir denkt oder nicht. Das Bed and Breakfast ist alles, was sie kennt, seit dem Tod unserer Mutter.«

Ich schlucke und lasse seine Worte sacken. »Ist es wirklich so schlimm? Ich meine, man erzählt sich viel.«

Bjorn seufzt. »Das kann ich dir nicht sagen. Aber ich befürchte, es ist schlimmer, als sie durchblicken lässt.« Einen Moment schweigt er. »Vieles wäre einfacher, wenn sie nicht diese finanziellen Sorgen hätte.« Es klingt, als spräche er mehr zu sich selbst. Und dann kommt mir eine Idee.

Auf dem Weg zurück ins Hotel, in dem ich wohne, drehen sich meine Gedanken im Kreis. Ein Teil von mir kann verstehen, dass meine Rückkehr für die Lilaströmer und damit auch für Linni seltsam sein muss. Immerhin habe ich keine Familie hier, nichts, das mich an diesen Ort bindet. Zumindest noch nicht. Im Moment dieses Gedankens klingelt mein Handy, und der Name auf dem Display lässt mein Herz ein wenig leichter werden. »Sam, wie schön, deine Stimme zur hören.« Ich lächle. Was wäre ich in Kalifornien ohne sie gewesen?

»Alles in Ordnung bei dir? Du klingst … anders, seltsam.«

Ich schüttle leicht den Kopf, denn das ist ebenso etwas, das Sam wunderbar beherrscht: mich zu lesen. Und das ist nicht nur bei mir der Fall. Es ist eine Art Begabung. Ohne vorher ein Wort mit mir gesprochen zu haben, hat sie mich aus einem Schlamassel auf meiner ersten Verbindungsparty gerettet und ab diesem Zeitpunkt immer wieder.

Einige Zeit in den Vereinigten Staaten studieren, das freie Leben genießen, raus aus der Enge Lillaströms … Das habe ich mir leicht vorgestellt, doch das war es nicht. Im Gegenteil, mehr als ich für möglich gehalten habe, habe ich meinen Onkel, meine Freunde vermisst und Linni … Sie und ich hatten diese verrückte Idee, Lillaström zu verlassen und alles hinter uns zu lassen. Das Schicksal hatte andere Pläne.

»Nein. Mir geht es gut, ich vermisse dich und Henry«, erkläre ich und das ist nichts als die Wahrheit.

Sie schweigt.

»Hast du dir die Sache durch den Kopf gehen lassen?«, hake ich nach.

»Das habe ich. Wie könnte ich auch nicht. Aber bisher bin ich mir nicht sicher, ob ein Neuanfang das Richtige für uns ist, verstehst du?«

Druck legt sich auf meine Brust. »Sam, wir sind eine Familie. Und das ist immer das Richtige. Familie hält zueinander und ist da, wenn man sie braucht.«

Sie seufzt. »Vielleicht hast du recht. Und wir brauchen dich hier.«

»Du weißt, dass das nicht geht.«

Sie schweigt einen Moment. »Okay, genug schlechte Vibes. Erzähl. Ist der Wellnessbereich schon fertig? Wie macht sich diese Anna, von der du erzählt hast? Und wie nimmt dich die Gemeinde mittlerweile auf?«

Ich lache. »Du willst alles ganz genau wissen, was?«

Nach dem Gespräch mit Sam geht es mir besser. Wieder mal hat sie mich mit ein paar wenigen Worten aufgebaut. Ich bleibe einen Moment stehen und blicke zum Horizont, zu den endlos vielen Sternen, die am Himmel hängen. Hier zu sein, in Lillaström, ist völlig anders als damals, bevor ich es verlassen habe.

Familie. Das ist in den ersten Jahren meines Lebens ein Fremdwort gewesen und doch habe ich sie zuerst hier erlebt. Nachdem mein Onkel und meine Tante mich aufnahmen, und später durch Bjorn, Lovisa und Linni. In den Vereinigten Staaten war ich mir sicher, dieses Gefühl nie wieder zu erleben. Bis ich Sam traf.

Langsam gehe ich weiter, inhaliere die kalte Winterluft und hoffe, sie kann meine wirren Gedanken etwas ordnen, mir den Kopf klären. Das erste Mal, seit ich hier bin, bin ich mir nicht sicher, ob die Entscheidung richtig gewesen ist, zurückzukehren. Die Lillaströmer sind nicht allzu begeistert von dem Hotel, nicht nur Elina. Einzig Lasse, unser Bürgermeister, war ganz aus dem Häuschen, als ich ihm von meinen Bauplänen erzählte. Er witterte neue Touristen im Ort, die die hiesige Wirtschaft verbessern sollen. Unabhängig von Linnis finanziellen Sorgen haben die Einwohner Lillaströms und sie eines gemeinsam: Haben sie einmal eine Meinung oder Vorstellung, lassen sie sich nicht mehr so schnell davon abbringen. Dennoch bin ich stolz auf das, was ich geleistet habe. Sollen die Lillaströmer und Linni doch von mir denken, was sie wollen.

Wie eine Rüge zieht ein eisiger Wind an meiner Kleidung und ich beeile mich, ins Haus zu kommen.

3
ELINA

Ich hasse Weihnachten. Genervt drehe ich die Musik ab, zu der Lov mitsummt.

»Warum stellst du sie aus?« Ich werfe ihr einen Blick zu, der alles erklären dürfte. »Dass du immer noch so ein Grinch bist.«

»Die ganze Aufregung geht mir echt auf die Nerven. Am Ende geht es nur ums Geld. Von wegen Nächstenliebe.«

Lov schaltet das alte Radio, das Pappa noch von seinem Vater hat, komplett aus und starrt mich traurig an. »Du hast Weihnachten früher genauso geliebt und sogar länger an Jultomte geglaubt als ich, und das trotz unseres Altersunterschieds.«

»Das war bevor …« Ich stoppe und vertiefe mich stattdessen wieder in die Geschäftsbücher und die traurige Geschichte in Form von roten Zahlen mit jeweils fettem Minus davor.

Klar, dass sie nicht lockerlässt. Sie setzt sich neben mich an den Esstisch und streicht mir durch das

Haar, sieht mich voller Mitgefühl an. So als wären wir keine erwachsenen Frauen, sondern wieder Kinder und ich nicht die Ältere.

Ich schiebe ihre Hand zur Seite. »Lovisa, bitte, siehst du nicht, dass ich arbeiten muss?«

Sie lässt nicht locker und starrt unbeirrt weiter.

»Was ist?«

»Du solltest mit Weihnachten einen Neuanfang versuchen. Mama ist über zehn Jahre tot. Und ich finde, du solltest wieder malen.«

Ich schließe die Augen. Auf keinen Fall möchte ich mit Lov diskutieren oder gar streiten. Auch wenn es an den miesen Zahlen nichts ändert, ist es so schön, sie hier zu haben. »Du verstehst das nicht. Du bist irgendwann einfach gegangen. Das alles, das Bed and Breakfast, es war immer der Traum unserer Eltern. Hier nicht zu versagen … Ich schulde es ihr.«

»Sie wäre stolz auf dich, Linni. Ob du jetzt weitermachst oder auch wenn du damals mit Niklas nach Amerika gegangen wärst. Und sie wollte immer, dass wir unseren Leidenschaften nachgehen. Du und Bjorn, ihr seid kreativ. Ich wünschte, ich hätte nur die Hälfte eurer Begabungen.«

Ich lache trocken. »Um der Kunst zu frönen, habe ich keine Zeit. Und Niklas? Nur gut, dass das nicht geklappt hat. Unglaublich, wie der sich verändert hat. Das wäre die Vollkatastrophe geworden.«

»Nur, weil er sich jetzt anders kleidet? Wenn du mich fragst, sieht er richtig heiß aus im Anzug. Wenn es jemand tragen kann, dann er.«

Sofort erinnere ich mich an seine breiten Schultern im Sakko und die Anzugshose, die seinen durchaus knackigen … »Das Aussehen? Du weißt genau, was für ein Frauenheld er ist. Die Geschichte mit Siska war doch in aller Munde, kaum dass er ein paar Wochen hier war. Und du hättest erleben sollen, wie er und Anna …«

»Schon klar«, unterbricht mich Lov. »Und erinnerst du dich auch an die Dinge, die die Leute über mich erzählt haben, als ich weg bin?«

Ich lache. »Oh ja! Du hast dich vom Pfarrer aus dem Nachbarort schwängern lassen und dann hast du es Sven anhängen wollen, doch er hat dich durchschaut, weil unser Pfarrer dem des Nachbarortes die Beichte abgenommen hat, um es letztendlich Sven zu stecken. Na ja, oder so ähnlich und mehr.«

Lachtränen kullern uns beiden über die Wangen und dann ergreift Lov meine Hand. »Seit du mit mir sprechen konntest, hast du davon geträumt, die Lucia zu sein. Weißt du noch? Für mich wärst du auf dem Luciafest auf jeden Fall die richtige Wahl gewesen. Eine Märtyrerin und Lichtbringerin, das passt zu dir. Du hättest selbst den Jultomte zwei Wochen später in den Schatten gestellt.«

»Früher wollte ich vieles. Wenn es danach ginge, dann wäre ich heute eine weltbekannte Malerin.« Ich ziehe meine Hand aus ihrer und lege den Kopf in den Nacken. »Wir waren Kinder, mittlerweile habe ich Verantwortung zu tragen. Warum sollte sich das zur Weihnachtszeit ändern? Träume haben mich nicht weitergebracht.«

»Und nicht zu träumen, bringt dich das voran?«

Ich schüttle den Kopf. Es ergibt einfach gar keinen Sinn, mit Lov zu diskutieren. Darin ist sie eine Meisterin. Sie brächte es zu Stande, einem Inuk am Nordpol ein Iglu zu verkaufen. Etwas vehementer als üblich klappe ich meinen Laptop auf und räuspere mich, ganz in der Hoffnung, Lovisa lässt mich nun endlich weiterarbeiten.

»Willst du nicht zumindest ein wenig dekorieren? Im Vergleich zu den anderen Häusern sieht es bei uns geradezu gruselig aus. Wir müssen das Bed and Breakfast ja nicht gleich als die Heimat des Bösen offenbaren.« Lovisa lacht, ich allerdings finde ihren Kommentar alles andere als witzig.

»Es gäbe allen Grund, böse zu sein. Die letzten Jahre musste ich allein mit Pappa klarkommen und alles am Laufen halten. Ich schlafe maximal fünf Stunden die Nacht und habe kaum mal einen freien Tag für mich. Und jetzt stell mir noch einmal die Frage, ob ich nicht Lust hätte zu dekorieren?« Noch während meine letzten Worte durch den Raum hallen, schäme ich mich. Auch wenn ich nur bedingt verstehen kann, weshalb sie mich mit allem zurückgelassen hat, möchte ich sie auf keinen Fall vergraulen. Ich atme tief durch. »Es tut mir leid. Es ist nur …«

In ihren Augen liegt so viel Gefühl. Sie beugt sich zu mir.

»Ich …«, flüstere ich, doch sie unterbricht mich und erstickt meine Worte mit einer Umarmung.

»Wenn jemandem etwas leidtun muss, dann mir. Ich habe dich mit all dem zurückgelassen. Vielleicht war ich zu schwach, du hast das alles nicht verdient.«

»Wie hättest du hierbleiben sollen, nachdem du Sven auf der Hochzeit hast stehen lassen?«

»Für dich und für Pappa hätte ich es zumindest versuchen müssen.«

Ich schüttle den Kopf und winke ab. »Man kann die Dinge nicht rückgängig machen, Lov. Jetzt bist du hier und das ist alles, was zählt.«

Sie nickt und lacht dann. »Wer wären wir, wenn wir den Laden nicht wieder in Schwung kriegen würden?«

Ich lächle schwach. »Irgendwie wird es werden.« Wie oft habe ich in Gedanken diesen Satz bereits wiederholt? Mit einem Seufzen klappe ich den Laptop zu. Auf Zahlen und Buchungen kann ich mich ohnehin nicht mehr konzentrieren.

»Wir kriegen das hin. Alles! Du wirst sehen, wir retten unser Zuhause«, verspricht Lovisa erneut.

Dazu bräuchte es ein Wunder, aber ich möchte sie nicht desillusionieren und wechsle deshalb das Thema. »Fühlst du dich denn wie zu Hause in Lilaström?«

Nervös knibbelt Lov mit ihren Zähnen an der Unterlippe. »Da bin ich mir ehrlich gesagt nicht so sicher. Du weißt ganz genau, wie die Leute von mir denken. Sie hassen mich, Linni. Du hast doch gerade selbst erzählt, was über mich geredet wurde und wahrscheinlich noch wird.«

»Hass ist ein heftiges Wort. So würde ich das nicht nennen.« Allerdings war es schon nah dran. Gerade in der Anfangszeit wurde viel über die geplatzte Hochzeit gesprochen und über Lovs Abgang danach. Jedes Mal, wenn ich in die Bäckerei oder sonst wo hinkam, verstummten die Gespräche. Das bildete ich mir zumindest ein.

Ja, die Geschichte war eine große Sache. Und Sven war von Anfang an ganz klar das Opfer. Aber wie man sich in Lillaström drauf verlassen kann, ist sie Nebensache geworden, als im Herbst die ersten Vorbereitungen für die Weihnachtszeit begannen.

»Du wirst sie für dich zurückgewinnen. Da bin ich mir sicher. Vor allem nach der Auktion. Die Leute werden das lieben, es wird der Sahnemeerrettich und die Hovmästarsås, ihre Senfsauce, zu ihrem geliebten Stockfisch an Weihnachten.« Schon beim Gedanken daran wird mir übel und eine Gänsehaut überzieht meine Arme. Pappa nimmt mich jedes Jahr auf den Arm und meint, es wäre unmöglich, dass ich Schwedin bin. Er kenne keine, die keinen Fisch mag.

»Und für dich? Kann es dich nicht auch ein wenig versöhnen, wenn wir das Geld für die Renovierung reinbekommen? Vielleicht bringt das ja dein eisiges Herz zum Schmelzen.«

Jetzt bin ich doch ein wenig gekränkt. »Eisiges Herz? Bloß weil ich realistisch bin?«

Lov legt den Kopf schief und sieht mich kritisch an. »Wann hattest du dein letztes Date?«, will sie jetzt wissen.

»Was bitte hat das mit Weihnachten zu tun?«

»Das Fest der Liebe?«, fragt sie mit einem Schulterzucken.

Ich drehe mich weg von ihr, aber sie zieht den Drehstuhl wieder zu sich und sieht mich mit zusammengekniffenen Augen aufmerksam an. »Keins?«, flüstert sie und ich kann den Unglauben aus ihrer Stimme heraushören.

Nun stehe ich auf und gehe im Wohnzimmer auf und ab. »Einmal.«

»Und? Ist er von hier?«

Ich schüttle vehement den Kopf. »Bist du verrückt? Nach deiner Aktion mit Sven und der Sache mit Niklas … Das passiert mir nicht noch einmal.«

»Also?«

»Er kam aus Östersund und es war nichts.«

»Warum? War er nicht hübsch oder unfreundlich? Hat er dich das Essen bezahlen lassen?«

»Sag mal, für wie oberflächlich hältst du mich eigentlich? Ich bin durchaus in der Lage, mein Essen selbst zu bezahlen. Er war einfach nicht ...« *Er war nicht Niklas.* Ich zucke die Schultern und verdränge diesen irrsinnigen Gedanken. Hat mir gerade noch gefehlt, dass er sich nach all der Zeit zurück in meine Gedanken schleicht. Das habe ich doch alles hinter mir gelassen. »Lass uns das Thema wechseln«, sage ich. »Du findest also, dass wir die Sache mit der Wohltätigkeitsaktion trotzdem umsetzen sollen?«

Lov nickt heftig. »Klar, jetzt erst recht. Und ganz im Ernst, so ähnlich zu Niklas' Veranstaltung ist das doch gar nicht. Zum einen feiert er eine Art Eröffnung und wir eben die Spendenaktion und wir ziehen das viel persönlicher auf.«

»Also läuft alles nach Plan? Wie hat eigentlich Lasse reagiert?«

Lovisa grinst breit. »Zuerst war er skeptisch, als er von meinen Plänen hörte, aber du kennst ihn! Der hat sofort Feuer gefangen. Er besteht allerdings darauf, dass wir eine Bühne auf dem Weihnachtsmarkt aufbauen.«

Ich pfeife anerkennend durch meine Zähne. »Dann wird das eine ziemlich große Sache werden.«

Lovisa nickt eifrig. »Wir werden uns definitiv von Niklas' Event abheben. Allein weil wir die Menschen mit einbeziehen. Die Leute werden alles Mögliche versteigern können: Putzarbeiten, Hilfe, Vorlesestunden, Holzhacken und ja, auch Dates.«

»Dann machen genug Leute mit?«

»Die Lillaströmer sind im Weihnachtsfieber. Klar machen die mit. Und da alles, was über das Geld für die Renovierung hinausgeht, an die Schule gespendet wird, gehe ich von einem Erfolg der Aktion aus. Nicht nur statistisch gesehen öffnen die Menschen ihren Geldbeutel am liebsten zur Weihnachtszeit. Und du kennst unsere Leute …«

Langsam nicke ich. »Das klingt gut, wenn du meine Unterstützung brauchst, dann sag Bescheid. Solange ich auf keine Bühne oder mich am Ende noch versteigern lassen muss.«

Sie kommt auf mich zu und umarmt mich. »Dabei hatte ich dich schon fest im Programm.« Sie lacht.

»Ich warne dich.« Erneut schlingt sie ihre Arme um meinen Oberkörper und ich bin angesteckt von ihrem Frühling im Gesicht und lache mit. »Hilfe, ja. Versteigern lassen, nein.«

Sie lässt sich auf den Stuhl sinken und sieht mich mit glühenden Wangen an. »Nicht nötig, Sofia und ihre Freundinnen sind klasse.« Sie macht eine kurze Sprechpause, wobei sie meinen Blick meidet. »Und Jan.«

»Jan also?«, sage ich mit einem Zwinkern, das ein Schmunzeln bei ihr auslöst.

»Wer weiß das schon. Ich zumindest nicht. Ist ja nicht so, als wären Sven und er beste Freunde.«

»Also nichts Neues. Es ist kompliziert bei dir.«

Ergeben zuckt sie die Schultern und schaut dann nervös auf ihre Armbanduhr. »Bjorn müsste auch jeden Moment hier auftauchen, er fährt mit zu IKEA.«

Ich schlucke schwer. Wenn ich ehrlich bin, fühle ich mich gerade ein wenig ausgeschlossen. Nicht, dass ich scharf auf IKEA wäre, vor allem nicht zur Vorweihnachtszeit, aber etwas mit Bjorn und Lov zusammen zu unternehmen, wäre schön.

»Komm doch mit!«, errät Lov meine Gedanken.

Tatsächlich freue ich mich über ihr Angebot. Doch die Pflicht ruft und ich seufze. »Lass gut sein. Die Novemberabrechnung macht sich nicht von allein und morgen früh reisen neue Gäste an, dafür muss ich die Zimmer auch noch vorbereiten. Aber sobald du wieder da bist, will ich alles wissen über dich und Jan.«

Wieder grinst sie breit. Ich folge ihrem Blick durch das Fenster zu dem Auto, das vor dem Bed and Breakfast hält. Laute Musik dröhnt durch die geöffnete Beifahrertür, durch die Bjorn aussteigt.

Ist das …? Ich habe den Gedanken noch nicht zu Ende gedacht, da kommt Bjorn auch schon herein. Erstaunt sieht er mich an. »Hast du 'nen Geist gesehen?«, will er wissen.

»War das gerade Niklas?«, stelle ich die Gegenfrage.

Zur Antwort rollt er mit den Augen. »Na und?«

»Na und? Ist das dein Ernst?«

Seufzend lässt er sich in die Sofaecke fallen, die leider auch schon in die Jahre gekommen ist. »Ich kenne Niklas mein halbes Leben und seither sind wir befreundet. Das mit euch ist doch ewig her. Solltest du das Kriegsbeil nicht endlich begraben?«

Mein Mund ist leicht geöffnet und ich schüttle den Kopf, während ich überlege, wie ich meine Meinung so sanft wie möglich formuliere. »Niklas ist ein Riesenarschloch!«, presse ich hervor. Na gut, ich gebe zu, nett ist etwas anderes. Aber es ist ja so.

»Elina, findest du nicht, du übertreibst ein wenig?«, mischt sich Lov ein.

»Fällst du mir auch noch in den Rücken?«

Sie antwortet nicht, sondern setzt sich neben Bjorn.

»Das hat doch nicht nur was mit mir zu tun. Seit er hier ist und diesen Klotz an Hotel gebaut hat, fehlen uns die Gäste. Und daran ist Niklas schuld.«

Bjorn steht auf und sieht mich geradeheraus an. »Da bin ich anderer Meinung. Es war eine Frage der Zeit, dass wir Konkurrenz bekommen, und Niklas' Hotel verfolgt eine ganz andere Strategie. Im Grunde ist er also nicht einmal ein Konkurrent.«

»Hat er dir das eingeredet? Klingt zumindest ganz nach ihm.«

»Vielleicht haben wir verpasst, mit der Zeit zu gehen.«

»Schön, dass du zu dieser Erkenntnis kommst. Da frage ich mich nur, warum du mich nicht aufklärst, nachdem du dich hier kaum blicken lässt. Ich meine ...«

»Lovisa, wollen wir draußen warten?«, unterbricht Bjorn meinen Redefluss.

»Keine schlechte Idee. Vielleicht kühlt die Luft eure erhitzten Gemüter ein wenig.«

»Ihr lasst mich hier einfach stehen?«, frage ich fassungslos und stemme meine Hände in die Hüfte.

»Du solltest die Sache mit Niklas nicht so verbissen sehen, das mit euch ... das ist lange her. Und nur damit du im Bilde bist, auch er macht sich Gedanken über dich und das Bed and Breakfast.«

Ich blicke Bjorn hinterher und sortiere innerlich seine Informationen. Niklas macht sich Gedanken um mich? Um das Bed and Breakfast? Höchstens, wie er es dem Boden gleichmachen kann.

»Wir kriegen das alles schon hin, versprochen«, flüstert Lovisa mir zu und umarmt mich fest, bevor sie die Haustür hinter sich schließt.

Ich setze mich zurück an den Esstisch. Auch ein weiterer Versuch, mich motiviert dem Feind, der Exceltabelle zu nähern, scheitert. Verdammt! Ich starre über den geöffneten Laptop hinweg zur Wand, an der eines meiner Bilder hängt. Mamma hat sich nicht davon abhalten lassen und so hängen sie überall im Haus.

Ich denke über Lovs Worte nach. Mamma hat uns tatsächlich immer darin bestärkt, das zu tun, was wir von Herzen wollten. Malen war nie nur etwas, das ich wollte. Es ist keine Entscheidung gewesen, sondern viel mehr ein Teil von mir, seit dem Augenblick, in dem ich Stifte halten konnte.

Das Bild ist farbenfroh und wirkt sehr abstrakt. Und doch, bei genauerer Betrachtung erkennt man die Natur, die sich hier im Frühling saftig und prall wie ein reifer Sommerpfirsich präsentiert. Knackiges Blau oben im Bild. Ein Verlauf aus dem frischen Grün der Wiesen hinüber in leuchtendes Rapsgelb. Wie bei allen Bildern, die ich gemalt habe, erinnere ich mich beim Ansehen genau an meine Gefühle zur Zeit seiner Entstehung. Bei diesem war ich glücklich, nein, ich war verliebt und konnte noch nicht bestimmen, was die neuen Empfindungen, die ich Niklas gegenüber entwickelte, zu bedeuten hatten. Jahrelang waren wir Freunde, bis wir mehr fühlten als das. Doch das alles ist lange her.

Mittlerweile ist es bereits vier Uhr. Ich hatte nicht vor, das Haus heute noch zu verlassen, aber da ich unbedingt ein wenig Ablenkung brauche, überlege ich, doch zum Sport zu fahren. Eine der wenigen

Freizeitaktivitäten, für die ich neben der Arbeit Zeit finde. Ohnehin hat Susan versprochen, bis zum Abend zu bleiben, um ein Auge auf Pappa zu werfen. Natürlich inoffiziell – wenn es nach ihm geht, kommt er ganz gut allein zurecht.

Lärm holt mich aus meinen Gedanken. Erschrocken sprinte ich in den ersten Stock. »Was ist passiert?«, möchte Frau Olsson aus Zimmer 004 wissen. Ich verkneife mir ein Lächeln darüber, dass ihre spitze Nase gerade so aus dem Türrahmen hervorlugt.

»Mach dir keine Gedanken. Das ist nur mein Vater«, erkläre ich, obwohl ich selbst keine Ahnung habe, was zum Teufel ihn schon wieder geritten hat.

Ich folge Pappas Fluchen bis zum Zimmer 002 und kann meinen Augen nicht trauen, als ich ihn in einem unserer Gästebetten vorfinde. Wie ein Klappmesser liegt er in der Falle und das im wahrsten Sinne des Wortes. Wobei sein eingegipstes Bein die Höhe des anderen nicht erreicht. In mir möchte es lachen und schreien gleichermaßen. Beim Gedanken daran, ihn aus der Kuhle herauszuheben, vergeht mir der Spaß.

»Wie hast du das geschafft?«, herrsche ich ihn an und bereue es gleich wieder.

»Kein Grund, deinen alten Herren so anzufauchen. Wie lange habe ich schon gesagt, dass ich eine neue Matratze brauche? Da kann kein Mensch drauf schlafen.«

»Also hast du dich in ein anderes Bett gelegt?«

»Warum nicht, ist doch keiner da. Schließlich gehört jedes einzelne Bett mir.«

»Morgen sollen hier Gäste einziehen.«

Er sieht mich an, als verstehe er nicht, was ich ihm damit sagen will.

»Hier kann keiner mehr drauf schlafen«, stöhne ich, während ich ihn aus der Kuhle hieve.

Er zuckt die Schultern. »Und was ist jetzt mit meiner Matratze?«

Mein Herz schlägt kraftvoll in meiner Brust. Tief hole ich Atem und schlucke einen Kommentar, der nur Streit provoziert, hinunter. »Ich bring dich in dein Schlafzimmer.«

Pappa grummelt irgendetwas, das ich nicht verstehe.

Nachdem ich ihm die Schlafcouch gerichtet habe, ziehe ich die Tür hinter mir zu und schließe die Augen. Wie soll ich das alles nur schaffen? Tief atme ich durch, gehe hinunter ins Büro und wähle Lovs Nummer. Mittlerweile pfeift ein heftiger Wind durch die Kiefern vor unserem Haus. Unsere ohnehin schon maroden Fensterläden klappern bedrohlich. Nachdem das Telefon keinen Ton, weder ein Freizeichen oder sonst irgendetwas von sich gibt, versuche ich es bei Bjorn. Komisch, dasselbe.

Ein Klingeln holt mich aus meinen Gedanken. Erleichtert stelle ich fest, dass es Susan ist, die der

Wind geradezu ins Haus drückt, nachdem ich die Tür öffne.

Ihr herzliches Lächeln lässt mich hoffen, dass dieser verrückte Tag doch noch eine gute Wendung nimmt. »Wie schön, dass du da bist!«, begrüße ich sie zugegeben ein wenig stürmisch.

Sie lacht. »Immer schön, wenn sich jemand so freut, mich zu sehen. Wie geht es ihm?«

Ich erspare mir zu erzählen, was er mit dem Bett in Zimmer 002 angestellt hat. Stattdessen winke ich ab. »Er hat die ganze Zeit etwas zu mosern«, erkläre ich.

»Also wie gehabt. Wobei ich sagen muss, gestern beim Kartenspielen war er sogar recht umgänglich.«

Das kann ich mir beim besten Willen nicht vorstellen, aber wenn sie das sagt, wird es wohl so sein und nichts anderes hat dieses liebevolle Wesen verdient. Vielleicht sieht das sogar unser sturer Vater. »Das liegt wohl an dir! Du, ich bin dann auch gleich weg. Ich muss noch einen Lattenrost und eine Matratze im IKEA besorgen.«

Sie runzelt die Stirn. »Da willst du raus? Jetzt habe ich es nicht weit, aber ich muss sagen, vorhin habe ich überlegt, ob ich wirklich kommen soll. Wird noch heftiger, der Sturm.«

Ich blicke hinaus und tatsächlich weht der Wind dicke Schneeflocken wild durch die Luft. »Ich bin zurück, bevor es richtig losgeht. Du kannst gern übernachten, wenn es nicht besser wird«, schlage ich vor.

»Mach dir keine Gedanken. Ich komme zurecht. Dann seid ihr nicht voll?«

Ich schüttle den Kopf. »Nein. Von den sechs Zimmern sind drei belegt. Und zwei können im Moment nicht mehr benutzt werden. Die Bäder müssen renoviert werden.« Beim Gedanken, welche Auswirkungen das auf unsere Einnahmen und vor allem die laufenden Kosten hat, wird mir schwindlig. Ich verdränge die üblen Gedanken, denn die bringen mich schließlich nicht weiter.

Kaum habe ich das Haus verlassen, zerrt der Wind an mir und ich brauche einiges an Kraft, um zu meinem Auto zu gelangen. Es wehrt sich vehement und motzt stotternd, ehe es endlich anspringt. Meine Scheibenwischer leisten Akkordarbeit, um die Schneemassen von den Scheiben zu wischen und mir die Sicht zu erleichtern. Ihre Mühe macht es mir nicht viel leichter, also krieche ich mit Schrittgeschwindigkeit über unsere Straßen und rutsche dennoch, sobald ich das Lenkrad nur ein wenig nach rechts oder links bewege. Mit verspannten Muskeln, die Nase fast an der Frontscheibe klebend, tuckere ich vor mich hin, bis mich ein heftiger Ruck in meinen Sitz zurückdrückt.

Sofort schlägt mein Herz kräftig in meiner Brust. Habe ich irgendetwas mitgenommen, weil ich mich so sehr konzentriert habe, statt nach rechts und links zu sehen? Ich fahre langsam an den Straßenrand und bleibe stehen. Mit leichtem Zittern öffne ich die Autotür und steige aus. Der Wind raubt mir den Atem, der Schnee die Sicht.

Konzentriert blicke ich um mich. Es ist nichts zu erkennen. Also steige ich schnell wieder ein und drehe den Zündschlüssel. Stottern, Stottern, und dann etwas, das nach galligem Erbrechen klingt, bevor mein Auto schweigt. Egal wie oft ich den Schlüssel vor und zurückdrehe, nichts.

Verdammt! Mit beiden Händen schlage ich auf das Lenkrad ein. »Was ist das nur für eine Scheiße heute!«, brülle ich.

Ich schließe die Augen, lehne meinen Kopf an die Stütze meines Sitzes und atme tief ein. Noch einmal versuche ich, den Motor zu starten. Nichts.

Trotz der geringen Erwartung, dass mein Handy funktioniert, versuche ich erneut meine Geschwister zu erreichen. Fehlanzeige. Bleibt mir nur darauf zu warten, dass mich irgendein Retter mitnimmt.

4
NIKLAS

An Tagen wie heute vermisse ich Kalifornien, den Ort, an dem es nie kälter als zehn Grad wird. Stattdessen fahre ich mit Schrittgeschwindigkeit auf Lillaströms Straßen zurück zum Hotel. Die Räumdienste kommen bei diesem Wetter natürlich nicht hinterher, die Straßen von den Schneemassen zu befreien.

Erschrocken reiße ich das Lenkrad nach rechts und drücke auf die Bremse. Beinahe hätte ich das Auto mitgenommen, das hinter mir am Straßenrand steht. Natürlich ohne Warnblinkanlage. Der Schreck sitzt mir noch im Nacken, als ich aussteige, um nach dem rücksichtlosen Fahrer zu sehen, der, sollte alles in Ordnung sein, sich was anhören kann. Sich bei diesem Wetter so nah an die Straße zu stellen, ohne Warndreieck oder Warnblinkanlage ist einfach …

Ich stutze und bleibe stehen. Das Auto kenne ich doch. Es ist das Auto der Sundbergs. Ich schlucke schwer und beeile mich, es zu erreichen. Eine Windböe, die scharf von rechts kommt und mich heulend zur Seite drückt, erschwert die paar Meter und fordert meine ganze Körperkraft.

In dem Moment, als ich darauf zugehe, wird die Tür geöffnet. Trotz ihrer dicken Winterkleidung erkenne ich sie sofort. Die quietschgrüne Bommelmütze und ihre geblümten Gummistiefel verraten sie, bevor ich ihr Gesicht ausmachen kann. Linni.

Ich beschleunige meinen Schritt und mein Herz klopft hart in meiner Brust. »Bist du okay?«, brülle ich gegen den Wind, der dickes Schneegestöber direkt vor meine Augen weht. Sie antwortet nicht, kommt mir aber einige Schritte entgegen. Und als wir uns nah genug gegenüberstehen, bemerke ich ihr Augenrollen. Sie hat mich offenbar nicht gleich erkannt.

Trotzig hebt sie ihr Kinn, zieht ihren Schal ein wenig fester um den Hals und stapft mit festen Schritten zu ihrem Auto zurück, wobei sie beinahe ausrutscht. Wankend geht sie weiter und ich schüttle den Kopf.

Sie ist so stur! Daran hat sich in zehn Jahren rein gar nichts geändert. Trotz allem gehe ich zum Auto und klopfe gegen die Scheibe der Fahrerseite. Keine Reaktion. Mit der Hand wische ich den Schnee zur Seite und muss beinahe lachen bei dem Bild, das sich mir bietet: Die grüne Bommelmütze hängt tief in ihrer Stirn. Die Arme sind vor ihrer Brust verschränkt. Und sie weiß genau, dass ich hier stehe, während sie stur aus dem Fenster sieht.

»Dann bleibst du eben stecken!«, rufe ich ihr durch die verschlossene Tür zu und hebe die Hände. »Dir ist einfach nicht zu helfen«, füge ich noch an und mach mich daran, zu meinem Auto zurückzugehen.

Und wenn wirklich keiner mehr vorbeikommt? *Scheiß Verantwortungsbewusstsein*, denke ich und bleibe stehen. »Mist, verdammter Mist!«

Mit einem Grummeln drehe ich mich um und reiße die Beifahrertür ihres Autos auf. Mit leicht geöffnetem Mund und geweiteten Augen sieht sie mich an. Ich warte erst gar nicht darauf, dass sie irgendeinen Nonsens von sich gibt, sondern setze mich einfach zu ihr ins Auto und schließe die Tür. Sie schluckt, während sie mich immer noch ungläubig anstarrt.

»Dachtest du etwa, ich lasse dich einfach zurück?«

»Ist das nicht deine Spezialität?«, schießt sie zurück.

Damit habe ich nun nicht gerechnet. Und jetzt bin ich es, dem es die Sprache verschlägt. Schon lange habe ich geahnt, dass sie mir übelnimmt, gegangen zu sein. Auch wenn sie mich dazu aufgefordert hat …

»Ich brauche deine Hilfe nicht«, erklärt sie, den Blick auf die Straße gerichtet, die man nur erahnen kann.

»Also hast du den Abschleppwagen kontaktiert? Na dann!« Ich setze die Mütze, die ich gerade vom Kopf gezogen habe, wieder auf und öffne die Tür. Der Wind pfeift sofort sein klägliches, heulendes Lied, während Linnis flüsternde Stimme kaum zu vernehmen ist. Also schließe ich die Tür und sehe sie an. »Linni, kannst du bitte sagen, was du zu sagen hast? Wenn du keine Hilfe brauchst, ist das okay. Wird jemand herfahren, um dich zu holen oder nicht?«

Ich kenne Linni und die Art, wie sie die Lippen aufeinanderpresst, wenn sie sich ertappt fühlt oder etwas tun muss, worauf sie so gar keine Lust hat. Und ich kann mich ebenso erinnern, wie süß ich das fand, als wir jünger waren, und wie wahnsinnig sexy später. Und ja, dieses Gefühl ist immer noch da.

Ich kann mir ein Schmunzeln nicht verkneifen. In diesem Moment dreht sie ihren Kopf zu mir und ihre Augen werden schmal. »Beruhig dich, Linni. Du hast keinen Grund, wütend zu sein. Ich bin hier, um dir zu helfen, wenn du das allerdings nicht möchtest, dann sag es und ich bin weg.«

»Als hätte ich eine Wahl«, presst sie zischend durch ihre Lippen und seufzt dann. »Ich habe keinen Empfang, also konnte ich niemanden anrufen, der mich abschleppt.«

Ich nicke und ziehe mein Telefon aus der Tasche. Auch meins ist tot. »Kein Netz.«

»Ach was! Sage ich doch.«

Ich ignoriere ihre spitze Bemerkung. »Ich fahre dich nach Hause und sobald die Telefonmasten funktionieren, kannst du einen Abschleppwagen rufen, der dein Auto holt.«

Sie schweigt eine Minute und erneut ringt sie mit sich. Irgendwie ist das süß, und auch wenn ich ihr sagen könnte, sie solle sich keine Gedanken machen, sondern mit der Sprache rausrücken, lasse ich es.

»Ich muss zum IKEA«, erklärt sie endlich.

Ich rutsche ein Stück tiefer in meinen Sitz. »Zum IKEA? Jetzt?«

Linni legt ihren Kopf an die Lehne des Autos und starrt an die Decke. »Morgen kommen Gäste und eines der Betten, die ich belegen muss, braucht ein Lattenrost und Pappa eine neue Matratze. Aber es würde reichen, wenn du mich einfach hinbringst. Meine Geschwister sind da und können mich bestimmt auf dem Rückweg mitnehmen.«

Einige Minuten später sitzen wir in meinem Auto. Der Sturm lässt nicht nach und das Fahren bleibt eine Herausforderung. Immer wieder spitze ich nach rechts zu Linni, die aus dem Fenster sieht. Sie hat sich rein äußerlich kaum verändert und doch fällt mir wieder auf, dass sie ihre Leichtigkeit verloren hat. In meiner Erinnerung war sie lustig, hatte stets ein Lächeln auf den Lippen und war für jeden Blödsinn zu haben. Gut, unsere Begegnungen bisher waren alles andere als heiter und gaben keinen Anlass zu Spaß.

Aber es ist das nun fehlende Lächeln, das in ihren Augen gestanden hat, egal in welcher Situation. Das hat mich an Linni immer fasziniert. Ich schlucke hart, denn irgendetwas sagt mir, dass ich an dem verschwundenen Lachen nicht ganz unschuldig bin.

5
ELINA

Denkt er, ich merke nicht, dass er mich die ganze Zeit anstarrt? Wie gern wüsste ich, was er denkt. Auf der anderen Seite … wenn er etwas zu sagen hat, soll er es doch tun.

Endlich am IKEA-Parkplatz angekommen, schnalle ich mich ab, und gerade als ich mich für seine Hilfe bedanken will, ergreift er das Wort.

»Und wie willst du dir sicher sein, dass deine Geschwister noch hier sind? Willst du den Parkplatz nach dem Auto absuchen?«

Ich überlege einen Moment, während mein Blick über den Platz wandert. Der Schneesturm lässt nicht viel erkennen, hier Jans Auto zu finden ist so unwahrscheinlich wie Schnee an Midsommar. »Ich könnte sie ausrufen lassen.«

Niklas seufzt. »Mein Auto ist groß genug. Ich biete dir an, dich zu begleiten. Wir besorgen dir die Matratze und den Lattenrost und danach bringe ich dich nach Hause.«

»Warum?«

Erstaunt sieht er mich an. »Was meinst du mit warum?«

»Machst du das alles, weil du ein schlechtes Gewissen hast?« Unsere Blicke treffen sich und unerwartet flattert es in meinem Bauch. Ich kenne das Gefühl, das bisher nur er in mir auslösen konnte. Damals habe ich ihm alles geglaubt, wenn er mich nur so angesehen hat. Ich löse mich von ihm und starre auf meine in Wollhandschuhe gepackten Hände.

Er seufzt. »Das hatten wir doch schon alles. Ich habe nicht gewusst, dass Lovisa und du dieses Event plant. Also nein, wenn es dir darum geht, ich habe kein schlechtes Gewissen.«

Ich bin mir nicht sicher, was mich wütender macht. Dass er immer noch behauptet, er wusste nichts von unserem Vorhaben, oder er ganz offensichtlich glaubt, man könne nach zehn Jahren einfach zurückkommen und es wäre wie immer. Als wisse er wirklich nicht, warum er mich so provoziert … »Du hast keine Idee, oder?«

Niklas schnallt sich ab und dreht sich zu mir. Er sitzt so nah, dass ich seinen nach Pfefferminz duftenden Atem riechen kann. Wie früher lutscht er ständig diese Bonbons. Die Erinnerung an seine Lippen auf meinen fliegt mit dem Geruch zu mir herüber. Kühle Pfefferminze vermischt mit unseren heißen Lippen … Schnell schiebe ich sie zur Seite.

»Ich kann es erahnen. Und alle meine Gedanken führen dazu, dass du denkst, ich wolle dir etwas Böses.« Er sieht mich erwartungsvoll an und ich ziehe eine Braue hoch, woraufhin er den Kopf schüttelt. »Wie kommst du nur dazu? Ich könnte dir nie etwas Schlechtes wollen, dass du so denkst, schockiert mich. Immerhin waren und sind wir …«

Ich hebe die Hand, um ihn zu stoppen. »Wir sind gar nichts, Niklas. Das mit uns ist lange vorbei und nicht der Rede wert.«

Er öffnet seinen Mund, als wolle er widersprechen, tut es dann aber nicht. Und auch wenn ich ihn jetzt da habe, wo ich wollte, sprachlos, fühlt es sich nicht gut an.

Niklas sieht in die Ferne und ich öffne die Tür. In diesem Moment greift er nach meiner Hand. »Warte!«

Ich halte den Atem an, denn so wie er dieses eine Wort ausgesprochen hat, hat er etwas zu sagen, das ihm wichtig ist. Einen Moment hadere ich, schließe dann aber doch die Autotür.

»Ja, das mit uns sollte nicht sein, aber wir waren Freunde, wir sind miteinander aufgewachsen. Ich glaube, nein, ich weiß, wir können von vorn anfangen, Linni. Das wünsche ich mir wirklich. Aber es liegt an dir zu verstehen, dass ich meinen eigenen Weg gehe, und dieser rein gar nichts mit dir zu tun hat.«

»Das weiß ich seit zehn Jahren, Niklas. Seit dem Tag, an dem du gegangen bist.«

Er schüttelt den Kopf, löst seinen Blick und sieht aus dem Fenster. »Wir haben Schluss gemacht. Hast du das vergessen? Du und ich. Ich habe dich nicht verlassen, verdammt. Wir haben beide Schluss gemacht.« Er zeigt von sich zu mir und zurück.

Seine Worte treffen mich hart, wischen die letzten zehn Jahre, die sich über die Erinnerung gelegt haben, weg. Und plötzlich bin ich wieder genau an dem Tag kurz vor Weihnachten, als wir entschieden haben, es wäre besser, getrennte Wege zu gehen. Der gleiche Schmerz wie damals, als er seine Wahl gegen mich getroffen hat, weil ihm ein halbes Jahr warten zu lang erschien.

»Du hast recht, Niklas. Aber nach allem, was war und was jetzt ist, kann ich nicht so tun, als wären wir dieselben Menschen, die wir einst waren. Also lass uns einfach da reingehen, die Dinge holen und zurückfahren.«

Niklas sieht mich traurig an und nickt. Er versteht rein gar nichts, was nur einmal mehr beweist: Die Entscheidung, die wir getroffen haben, war richtig. Sich in Lillaström aus dem Weg zu gehen, ist nahezu unmöglich, aber ich werde es versuchen und ich werde für das Bed and Breakfast kämpfen. Jetzt erst recht. Niklas kann sich warm anziehen, auch über diesen Winter hinaus.

»Wie du möchtest. Aber eines sollst du wissen.« Er atmet tief ein und greift nach meiner Hand. Trotz der Handschuhe kann ich die Wärme, die von seiner Haut ausgeht, zumindest erahnen. Sie fließt direkt zu meiner Mitte, um von dort aus jede Zelle meines Körpers zu erhitzen. »Sieh mich an«, flüstert er und ich hebe meinen Kopf.

Warum zur Hölle gebe ich nach? Und warum bin ich jetzt so sentimental? Ich blinzle Tränen aus meinen Augen.

»Ich glaube, da ist einiges, was zwischen uns geklärt werden muss, Linni. Sicher habe ich Fehler gemacht, doch Jahre sind vergangen. Ich bin hier und auch wenn wir keinen Kontakt hatten, warst und bist du mir wichtig. Bevor wir zehn Jahre voneinander getrennt waren, waren wir fast doppelt so lange unzertrennlich. Du und ich. Ich erwarte nicht, dass wir die letzten Jahre aus unserem Gedächtnis löschen, als wäre nichts geschehen. Aber ich möchte, dass wir versuchen, aufeinander zuzugehen, verstehst du?«

Ich sehe aus dem Fenster, noch immer wirbelt der Sturm riesige Schneeflocken durch die Luft. In mir herrscht mindestens ein ebenso großes Chaos. Ein kleiner Teil von mir wird ihm niemals verzeihen, dass er keinen Kompromiss für uns eingehen wollte. Und doch, mein ganzes Leben lang habe ich ihn geliebt. Als besten Freund, als Vertrauten und später auch als den Mann, mit dem ich mir eine gemeinsame Zukunft vorstellen konnte, mit all dem lächerlichen, kitschigen Kram, der dazugehört. Er musste erst zurückkommen, damit ich das begreifen konnte. Doch jetzt, heute …

»Es tut mir leid. Dafür ist es zu spät. Ich will mich nicht mit dir streiten, kann mir aber nicht vorstellen, dass wir irgendwann in die Nähe dessen kommen, was uns einmal verbunden hat.«

»Das erwarte ich nicht. Ja, ich wünsche mir, dass wir miteinander sprechen, uns nicht aus dem Weg gehen müssen, und etwas in mir vermisst die Linni, die zu meiner Heimat gehört. Die zu Lillaström gehört, aber …« Er sieht mich einen Moment schweigend an und … er grinst? »Du bist nicht die Einzige, die einen Dickschädel hat, Linni. Du und ich in Lillaström, das wird hervorragend funktionieren. Ich werde es dir beweisen.«

Diese Nummer … Wie er mich damit zur Weißglut gebracht hat, wenn er im Streit auf einmal Scherze machte. Und doch gewann er immer und wischte den Kummer mit seiner lockeren Art zur Seite. *Wie schafft er das nur?*, denke ich, während ich unter Anstrengung ein Lächeln unterdrücke.

Endlich öffne ich die Tür, schaue ihn noch einmal an. »War's das? Können wir jetzt endlich da rein?«

Ich erkenne ihn kaum zwischen den Haaren, die der Wind mir vor die Augen bläst. Doch seine Fingerspitzen, die über meine Wange streichen, um sie aus dem Gesicht zu schieben, elektrisieren mich.

Er sieht mich durchdringend an. »Lass mich dir beweisen, dass es möglich ist. Was sagst du?«

Ich schlucke und schiebe die Sehnsucht danach weg, die Lippen zu küssen, die sich vor vielen Jahren auf meine geprägt haben. Die Lippen, die sinnlich flüstern und versprechen, dass alles gut sein kann. Aber das war es nicht. Das war es nie mehr, nachdem er fort war, und so kann es in Zukunft auch nicht werden. »Für heute reicht es, wenn wir einen Lattenrost und eine Matratze finden. Und einander nicht umbringen«, sage ich fester, als ich es für möglich gehalten habe, und steige aus.

»IKEA macht mich einfach aggressiv«, stellt er fest und ich erinnere mich.

»Stimmt, du magst IKEA nicht sonderlich. Dann ist ja gut.«

»Verstehe, du willst also, dass ich leide.«

»Hast du etwas anderes verdient?« Ich gehe voraus zur Rolltreppe und lasse ihn stehen. Ich höre, wie er mir hinterhersprintet.

»Vielleicht finde ich trotzdem etwas Weihnachtsdekoration für meinen Schreibtisch.«

»Hast du nicht Anna? Die würde sich sicher gut machen auf deinem Schreibtisch. Sie braucht nur noch ein Wichtelkostüm.«

Niklas lacht. »Anna ist toll, was hast du gegen sie? Sie ist erfrischend.«

Erfrischend? Ich beiße mir auf die Zunge. »Ich habe nichts gegen sie, aber wenn sie nicht passt … Da findest du sicher Alternativen, so wie man hört.« Mit diesem Satz sind wir oben angekommen.

Niklas umgreift meinen Oberarm. »Wie man hört? Ich bin also in Lillaström in aller Munde. Was erzählt man sich denn so?«

Ich drehe mich zu ihm um und zucke die Schultern. »Keine Ahnung. Hat mich nicht sonderlich interessiert.« Abwendend ärgere ich mich über meine große Klappe, klar muss er jetzt erst recht denken, dass es mich sehr wohl interessiert. »Wir sollten uns beeilen. Der ganze Kitsch ist nicht auszuhalten«, sage ich, vor allem um abzulenken.

»Warte!«, ruft er mit ernstem Ton.

Erstaunt drehe ich mich um und blicke in sein schockiertes Gesicht. »Was ist los?«

»Die Linni, die ich kenne, war ein totaler Weihnachtsfreak, ich meine, du hast bereits im September angefangen zu dekorieren.«

Ich rolle die Augen. »Fängst du jetzt auch damit an? Haben wir irgendetwas im Wasser, gegen das ich immun bin? Erst Lasse, der fast aus den Schuhen kippt, weil ich kein Interesse an seiner Prinzessinnenaufführung habe, dann …«

»Eiskönigin.«

»Wie bitte?«

»Es ist keine Prinzessinnenaufführung. Es ist die Eiskönigin.« Er legt den Kopf schief, während ich überlege, wovon er da spricht. »Elsa? Olaf?«

»Dieser Kinderfilm?«

Plötzlich stellt er sich leicht breitbeinig hin und öffnet die Arme. »Let it go, let it go …«

Was zur …?

»Schon gut. Du kannst aufhören zu singen«, zische ich und meide die Blicke derer, die an uns vorbeigehen und grinsen. »Kann mich gar nicht daran erinnern, dass dir Weihnachten so wichtig gewesen wäre«, fahre ich fort, während wir endlich weitergehen.

»Das ist mir auch erst bewusst, seit ich zurück bin. Hier zu Hause sind alle …«

Kaum beginnt er mit seinen Lobeshymnen auf das Fest, wird es mir bereits zu viel. »Okay, so sehr interessiert es mich dann doch nicht. Wir sollten uns beeilen. Schnell reinspazieren, das Zeug holen, um dann zu gehen. Das war doch der Plan, oder?«

»Du magst Weihnachten tatsächlich nicht mehr.«

Ich lache über seinen verwunderten Gesichtsausdruck. Und vielleicht über die Tatsache, dass ein großer und durchtrainierter Mann wie Niklas, der voll im Leben steht, den Tränen nah ist beim Gedanken, jemand könnte Weihnachten nicht mögen. »Nicht so wirklich. Können wir jetzt weiter?«

»Aber das verstehe ich nicht. Früher war Weihnachten …«

Und dann ist es auf einen Schlag finster. Ein Raunen geht durch die Hallen und instinktiv greife ich nach Niklas, der mich zu sich zieht. Mein Puls rast vor Schreck und Niklas … Er ist mir so nah, seine starken Arme, die mich schützend halten. Es ist …

Ich räuspere mich und fange mich endlich wieder. Zum Glück sieht er nicht, dass ich erneut rot geworden bin. Ich löse mich ein wenig von ihm. »Was war das?«

»Wird wohl ein Stromausfall sein«, vermutet Niklas.

»Hoffen wir mal, dass sich das schnell erledigt.« Einige haben bereits ihre Handys aus den Taschen geholt, um damit Licht zu machen. Immer wieder flackert es um uns herum auf. Ich suche ebenfalls mein Telefon, um uns ein wenig Sicht zu verschaffen. »Komm, lass uns da rüber zur Sofaecke, bis wir wieder Licht haben.«

Eine Familie mit drei Kindern dachte ähnlich und so sitzen Niklas und ich so eng nebeneinander, dass sich sein ganz eigener Geruch in meiner Nase verfängt. Ich schließe die Augen, was er zum Glück wegen der Dunkelheit nicht erkennt, und atme ihn tief ein. Jede Faser meines Körpers erinnert sich an seinen Duft. Meine Haut, deren feine Härchen sich aufstellen, mein Herz, das meinen Puls beschleunigt.

Mein Unterleib, der sich heftig zusammenzieht, meine Ohren, in denen es rauscht. Aber das alles ist lange her. Ich muss mich, verdammt noch mal, zusammenreißen.

Ich entferne mich ein paar Millimeter, um wieder zu klarem Verstand zu kommen. »Müsste das Licht nicht längst wieder an sein? Vielleicht sollten wir hier raus.«

»Und wo willst du deine Gäste morgen drauflegen?«

Das stimmt nun auch wieder. Ich brauche diesen Lattenrost. Einen Moment denke ich an Pappa und hoffe, er bringt Susan nicht zur Weißglut. Erneut sehe ich auf mein Handy. Kein Empfang.

Plötzlich höre ich lautes Diskutieren. Niklas steht auf und nimmt mich an die Hand. »Komm, lass uns nachschauen«, sagt er und ich drücke seine Hand noch ein wenig fester. Erneut mit dem Handy als Lichtspender tasten wir uns vor.

»Bitte bewahren Sie Ruhe!«, ruft jemand.

»Wir wollen raus.«

»Hilfe wird sicher bald hier sein. Gedulden Sie sich bitte.« Ich ziehe an Niklas' Hand, der stehenbleibt. »Hilfe? Warum hat er gesagt, er hole Hilfe?«

Niklas zuckt die Schultern. »Am besten finden wir jemanden, der uns das erzählen kann.« Gemeinsam gehen wir den Gang entlang, auf der Suche nach einem Mitarbeiter, der uns hoffentlich weiterhelfen kann. Und tatsächlich finden wir ein Eck weiter eine Frau in einem gelb-blauen Kasack. Eine Traube Menschen steht um sie herum, während sie erklärt. »… und deshalb ist es wichtig, dass ihr Ruhe bewahrt. Sprecht uns gern jederzeit an, falls ihr etwas braucht. Es dauert sicher nicht lange, bis der Strom wieder funktioniert.«

»Und was ist mit der Tür? Warum können wir das Geschäft nicht einfach verlassen?«

»Es ist … also.« Die Stimme der jungen Frau überschlägt sich und instinktiv drücke ich Niklas' Hand ein wenig fester. Sein Daumen, der daraufhin zärtlich über meinen Handrücken fährt, lässt erneut, wie schon so oft an diesem Tag, mein Herz höherschlagen.

6

NIKLAS

Ihre Hand in meiner. Das Gefühl ist so vertraut wie die Erinnerung an damals, als wir unsere Hände nicht voneinander lassen konnten. Mit einem Mal ist sie wieder da, diese Sehnsucht nach ihrer Nähe, danach, bei ihr zu sein. Ihre sanfte Haut unter meinen Fingern, ihre Hände, die eine Art Zauber in sich haben, der mich wahnsinnig werden lässt. Und in diesem Moment gibt es nichts, was ich mehr möchte, als dass dieser Stromausfall nie endet.

»Soweit wir das sagen können, sind wir eingeschneit«, teilt die Dame nun mit.

»Werden wir ersticken?«, fragt ein kleiner Junge.

»Nein. So was passiert nicht. Wir müssen einfach warten, bis jemand den Schnee wegräumt.«

»Genau!«, bestätigt die Verkäuferin die Erklärung der Mutter des Jungen. Nach einigen weiteren Fragen löst sich die Traube Menschen auf.

Ein älteres Paar steht neben uns und sieht einander ratlos an. »Das kann bis morgen dauern, oder? Wenn wir keinen Empfang haben, woher soll denn dann jemand wissen, dass wir eingeschneit sind?«

Linni und ich wechseln Blicke. Die ältere Dame hat vollkommen recht. »Wahrscheinlich erst, wenn jemand zu Hause Menschen hier drin vermisst meldet, nehme ich an.«

Ich schlucke. Wer weiß, wie lang das dauert.

»Hoffentlich kommt Pappa ohne mich zurecht.« Linni klingt ernsthaft besorgt.

»Vielleicht sind deine Geschwister ja schon raus. Womöglich sind sie zurück in Lillaström.«

Linni sieht nachdenklich an mir vorbei. »Susan ist bei ihm«, erklärt sie dann. »Hoffentlich bleibt sie, bis jemand kommt.«

Ich nicke.

»Und jetzt?«, will sie wissen.

Ich überlege eine Minute. »Falls das mit dem Strom noch länger dauert, können wir Kerzen gebrauchen. Und etwas zu essen für die Nacht.«

»Und ein Bett«, fällt Linni ein.

Ich schlucke, denn kaum hat sie den Satz ausgesprochen, werden Erinnerungen an Linni und mich in besagtem Möbelstück lebendig. Und ich könnte schwören, dass wir in diesem Moment dieselben Gedanken haben. Die Hand, die sie jetzt aus meiner zieht, bestärkt mich in der Vermutung.

Sie räuspert sich. »Aber das wird wohl kein Problem, hier stehen schließlich genug herum. Und dann können wir gleich nach der Matratze und dem Lattenrost für das Bed and Breakfast schauen.«

Nach der betonten Sachlichkeit in ihrer Stimme weiß ich es genau. Ich verkneife mir einen Kommentar. Seit unserem Gespräch im Auto habe ich das Gefühl, einer der vielen Knoten aus Missverständnissen und Missmut löst sich von Minute zu Minute. Und das fühlt sich gut an. Das ist also der falsche Zeitpunkt, sie in Verlegenheit zu bringen. »Dann zu den Kerzen?«, frage ich deshalb ebenso sachlich.

»Einverstanden. Aber meinst du, wir können einfach Dinge nehmen?«

»Wir fragen natürlich zuerst die Verkäufer, aber wenn wir alles Benutzte später bezahlen, denke ich, wird das kein Problem werden. Und dann lade ich dich zum Dinner ein.«

»Sehr witzig.«

»Klar, lass dich überraschen. Soweit ich mich erinnere, magst du Überraschungen.«

»Ja.« Mehr sagt sie nicht, aber dieses eine Wort klingt schwer und dunkel.

»Jetzt nicht mehr?«

Sie schweigt und als ich gar nicht mehr damit rechne, antwortet sie doch. »Um ehrlich zu sein, bin ich durcheinander. Das hat mit dir zu tun, aber auch mit mir selbst. Ich kann … Ich weiß nicht, ob ich einfach so mit dir Smalltalk führen kann, deine völlig deplatzierten Witze … Ich …«

Ich greife nach ihrer Hand und wir bleiben stehen. »Du könntest es versuchen. Was passiert im schlimmsten Fall, wenn du es tust?« Noch immer ist es dunkel, aber die Lampe an meinem Handy erhellt ihr Gesicht ein klitzekleines bisschen. Ihre Augen schimmern leicht. Sie senkt ihren Blick, doch diesmal möchte ich nicht, dass sie ausweicht, also hebe ich ihr Kinn mit meinen Fingern an.

Sie atmet tief durch. »Das kann ich dir nicht sagen und vielleicht ist es gerade das, was mir Angst macht.«

Ich nicke. »Das glaube ich dir. Ich kann das verstehen, aber ich werde nicht lockerlassen, Linni. Also lass sie fallen, die eisige Mauer, die dich umgibt.«

»Eisige Mauer? Dein Ernst?« Wir lachen beide und dann atmet sie tief durch. »Unter einer Voraussetzung. Du wirst mich in Ruhe lassen, wenn ich darum bitte.«

»Wird es ein Safeword geben oder woher soll ich wissen, wann du es ernst meinst?« Linni boxt mir in die Seite und ich zucke zurück und lache, ohne ihre Hand loszulassen. »Schon gut, ich verspreche es.«

»Du bist noch immer ganz der Alte und irgendwie doch nicht«, stellt sie fest und ich weiß genau, wie sie das meint.

»Womöglich ist es Lillaström, das mich verändert. Ich habe das Gefühl, ich war lange genug fort, dass mir dieser Ort beweisen kann, was Heimat bedeutet. Wieder hier zu sein … Es kehrt alles in mir um.«

»Zehn Jahre für diese Erkenntnis? Dann bleibe ich am besten für immer hier und spare mir eine Menge Zeit.«

Ich schweige, auch wenn die Bitterkeit in ihrer Stimme unerträglich ist.

Sie ist wunderschön. Im Kerzenschein leuchten ihre Augen wie Smaragde auf schwarzem Samt. Ihr Haar glänzt golden im Licht und fällt knapp über ihre Schulter. Immer wieder fährt sie mit den Fingern hindurch.

»Kein Grund nervös zu sein, ist schließlich kein Date«, sage ich in dem Versuch, die Stimmung etwas aufzulockern.

Sie weicht meinem Zwinkern aus und starrt auf ihren Pappteller, doch wenn mich nicht alles irrt, lächelt sie. Zaghaft, aber sie lächelt. Sofort habe ich das Bedürfnis, sie in den Arm zu nehmen. Es ist so schön, wenn sie lächelt.

»Ich habe eine Idee.«

Linni legt ihren Kopf schief und sieht mich interessiert an. »Eine Idee?«

»Ja. In Vegas sagt man, was dort geschieht, bleibt da. Ich finde hier zu sein, eingeschneit im IKEA, ist ungewöhnlich. Ungewöhnlich wie die Stadt Vegas. Wir könnten eine Vereinbarung treffen: Lass uns das Beste draus machen. Wer kann von sich behaupten, so etwas zu erleben? Solange es andauert, lassen wir uns auf das Abenteuer ein. Und alles, was passiert, bleibt hier.« Skeptisch sieht sie mich an. Ich beuge mich über den Tisch hinweg und greife nach ihrer Hand. »Es könnte lustig werden … und aufregend.«

Schnell schiebe ich die Gedanken zur Seite, die Dinge, die mir einfallen, die Linni und ich erleben könnten.

Sie hadert und doch bröckeln die Steine ihrer Mauer spürbar. Also schiebe ich nach.

»Wo ist die spontane Linni, die ich kenne? Die, die im Bikini Eislaufen geht und im Seniorenheim eine Schneeballschlacht anzettelt?«

Sie schüttelt den Kopf und für einen Moment habe ich den Eindruck, ihre Augen glänzen noch mehr im Kerzenschein. »Gut, warum nicht. Das Beste aus der Situation machen, klingt okay für mich. Aber glaube nicht, dass deshalb alles wie früher sein kann. Niklas, das wird es nicht werden.«

Ich lehne mich zurück in meinen Stuhl. »Das möchte ich auch gar nicht. Die meisten Dinge in meinem Leben sind die letzten Jahre über gut gelaufen. Ich persönlich möchte nie wieder derselbe sein. Früher war ich unsicher, dachte, die Freiheit ist das, was ich brauche. Später habe ich gemerkt, dass genau das Gegenteil die Realität ist. Verantwortung zu übernehmen, für Menschen da zu sein, die ich liebe. Das ist es, was zählt.«

Sie sieht mich eine Weile prüfend an. »Ich glaube, ich weiß, was so anders ist an dir. Du bist erwachsen geworden.«

Ich lache. »Da mag was dran sein. Auch wenn ich volljährig war, als ich ging, war ich alles andere als erwachsen. Aber was ist mit dir?«

Linni legt ihren Kopf in den Nacken und sieht mich dann mit einem Blick an, den ich nicht deuten kann. »Ich habe viel zu lange darauf verwendet dich zu vermissen. Und die Sache mit der Verantwortung … Es ist schon komisch, dass sie dir die Erfüllung gebracht hat, während ich das Gefühl habe, in ihr zu ersticken.«

Mein Hals zieht sich zusammen. Wie gern würde ich Worte des Trostes finden, ihr sagen, dass alles gut wird. Aber ich schaffe es einfach nicht.

Ich hebe meine Flasche Julmust und halte sie ihr zum Anstoßen hin. Diese Nacht gehört uns, zumindest bis sie uns irgendwann hier ausgraben. »Heute Nacht lassen wir die Vergangenheit dort, wo sie hingehört, und was morgen ist, darüber denken wir nicht nach. Heute ist die Geschichte, die wir für uns neu erfinden. Bist du dabei?«

Sie atmet tief durch, richtet sich auf und hebt ebenso ihre Flasche, was mein Herz höherschlagen lässt. Ich ahne, dass das Schicksal mir die Chance gibt, aus unserer verkorksten Beziehung das Beste herauszuholen. Und diese Chance werde ich nutzen. Das

Klirren der Glasflaschen besiegelt meine Gedanken und ihr Lächeln unterstreicht die Vereinbarung.

»Bevor wir das Projekt beginnen … Ein, zwei Dinge interessieren mich doch.«

Sie kann es nicht lassen. »Wenn es dir hilft, dann endlich den Moment zu erleben … Was ist es?«

»Wie hast du es geschafft, zu gehen und nie wieder zurückzublicken? Du sagst, du hast gelernt, Verantwortung zu übernehmen, und das habe dich zum Mann gemacht. Wie?«

Ist das der Moment, ihr die ganze Geschichte zu erzählen? Von Sam und Henry? Ich kann nicht einschätzen, ob sie es verstehen könnte.

Sie sieht mich erwartungsvoll an und ich erkenne in ihrem Blick, dass sie sich geöffnet hat. Sie lächelt, so wie ich es vermisst habe, seit ich sie wiedergesehen habe. Auf keinen Fall möchte ich dem Moment die Leichtigkeit nehmen. Wir haben vereinbart, uns auf die Gegenwart zu konzentrieren. Ihr zu erzählen, was die letzten Jahre in meinem Leben geschehen ist, hat Zeit. Dieser Abend gehört uns allein.

»Die Verantwortung findet sich in vielen Dingen, Linni. Das, was das Leben einem eben zuwirft.« Okay. Das klingt zugegeben schwammig, doch Linni denkt offensichtlich nach.

»Danke. Das hilft mir sehr.«

»Tatsächlich? Wobei? Klingt so, als stündest du vor einer schwierigen Entscheidung. Du wirst doch keine

Dummheiten machen, um das Bed and Breakfast zu retten? Organhandel ist keine Lösung.«

Sie lacht auf. »Warum nicht, mit einer Niere lässt es sich wunderbar leben, oder?« Wir lachen und ich kann nicht aufhören, ihr zuzusehen. Auch ohne Strom erfüllt sie den Raum mit Licht. Wie konnte ich all die Zeit ohne sie zurechtkommen? Und auch wenn ich die Antwort kenne, ist es dieser Augenblick, der alles in den Schatten stellt. Die Vergangenheit und die Zukunft. So, wie wir es vereinbart haben.

Nachdem wir uns mit Köttbullar und Apfelkuchen den Magen vollgeschlagen haben, sieht sie mich entspannt an. »Und was machen wir jetzt?«

Erneut geht ein Raunen durch die Hallen. Das Licht ist an und leise Musik dudelt aus den Lautsprechern.

»Liebe Besucher und Besucherinnen, wir freuen uns, euch mitteilen zu können, dass wir wieder am Strom angeschlossen sind. Leider müssen wir euch aber mitteilen, dass wir noch immer eingeschneit sind. Es besteht keine Gefahr, jedoch bleibt der Feuerwehr keine Wahl als abzuwarten, bis der Schneesturm sich gelegt hat. Laut Wetterbericht sollte das in den frühen Morgenstunden der Fall sein. Aber keine Sorge, für euer leibliches Wohl ist gesorgt. Das Restaurant bleibt die ganze Nacht für euch geöffnet. Im Restaurantbereich geben unsere Mitarbeiter Decken für die Nacht aus und beantworten eure Fragen. Sobald es etwas

Neues gibt, erfahrt ihr es über die Durchsage. Das gesamte IKEA-Team wünscht euch eine gute Nacht.«

Linni lacht. »Scheint, als hast du das Abenteuer bestellt. Eine Nacht im IKEA – wenn ich nicht wüsste, wie ungern du hier bist, hätte das glatt einer deiner verrückten Pläne sein können.«

Auch ich lache. »Schön, dass du mir das zutraust. In dem Fall muss ich dich enttäuschen. Komm, lass uns weiter. Wir suchen uns ein Zuhause für die Nacht.«

Die Idee hatten andere auch und so sind einige der Ausstellungsecken bereits besetzt. »Schau mal«, sagt sie nach einer Weile. »Da haben die schon angefangen, eine neue Verkaufsecke zu bauen, wollen wir die nehmen?«

»Es ist noch nicht viel drin und ein Bett steht auch noch nicht.«

Linni boxt mir gegen die Schulter. »Dann müssen wir eben eines bauen. Oder wir legen uns einfach in eines der bereits aufgebauten.«

»Gute Idee. Sagt man nicht, wer zusammen ein IKEA-Möbelstück erfolgreich aufbaut, den kann nichts mehr entzweien?«

»Du hast heute Morgen offensichtlich einen Glückskeks zu viel gegessen, was? Aber wenn das so ist, dann nein, danke. Lass uns in die Bettenabteilung gehen, dann kann ich gleich die Matratze aussuchen, die ich morgen mitnehmen werde.«

»Wir testen jetzt also Betten, richtig?«

Linni rollt die Augen und klopft mir gespielt gegen die Schulter. »Die Zeiten sind vorbei«, antwortet sie und zieht dabei ihre linke Braue hoch. Sie spielt die Lässige, aber wie sie nervös durch ihr Haar fährt, verrät sie.

Ich lache leise.

»Was gibt es da zu lachen? Da vorn stehen die ersten Betten. Lass uns eines finden und dann zurückgehen, bevor unser neues Zuhause auch noch weg ist.«

Mit schiefgelegtem Kopf bleibt sie vor der Matratze stehen und studiert das Preisschild, das sie in der Hand hält. Mit langen Schritten gehe ich auf sie zu, um sie dann schwungvoll hochzuheben.

Sie reagiert mit einem Quietschen. »Hey, was soll das? Lass mich gefälligst runter!«

»Klar doch!«, sage ich und werfe sie in das riesige Kingsize-Bett. Gerade als sie sich aufrichten will, schmeiße ich mich hinzu und lache, als mein Gewicht sie auf die Matratze zurückwirft. Sie lacht auf und mein Herz hüpft bei dem Geräusch, das ich so sehr vermisst habe. Ich schiebe eine Strähne hinter ihr Ohr und meine Blicke wandern über ihr Gesicht.

»Du spinnst doch komplett. Dachte, du bist erwachsen geworden?«

Ich lächle unbeeindruckt. »Muss mich doch ins Zeug legen, um dich ins Bett zu kriegen.«

»Idiot«, sagt sie und knufft mich in die Seite, macht aber keine Anstalten, aufzustehen. Dann sieht sie mich ernst an. »Bitte lass das, Niklas. Das geht so nicht. Du kannst nicht zurückkommen und mit mir flirten, es macht … Es bringt alles durcheinander. Und das kann ich im Moment wirklich nicht gebrauchen.« Sie rutscht ein wenig von mir weg und ich widerstehe dem Drang, die Lücke zwischen uns zu schließen.

»Ich würde lügen, wenn ich sagen würde, dass du nichts in mir auslöst. Aber ich habe versprochen, dir Raum zu geben und das werde ich tun. Und weißt du warum?«

Sie dreht sich auf den Rücken und sieht an die Decke. »Das wirst du mir bestimmt gleich mitteilen.«

»Das zwischen uns, das war schon immer mehr. Mehr als Liebelei, mehr als Freundschaft, es gibt kein Wort dafür. Du und ich, das muss ein Wir sein. Egal in welcher Form, und wenn du willst, dass wir Freunde sind, dann reicht mir das.«

Sie lächelt und ihre Augen lächeln mit. Gott, es wird so schwer, mich an meine eigenen Worte zu halten, aber es ist so, wie ich es gesagt habe. Ich möchte Linni zurück in meinem Leben haben. Ich möchte, dass sie wieder ein Teil von mir wird, und ich will in ihrem Leben eine Rolle spielen. So, wie wir es füreinander immer waren.

»Wenn das so einfach wäre«, flüstert Linni und ohne zu zögern nehme ich sie in meinen Arm. Sie lässt es zu und ich weiß in diesem Moment, dass wir das, was zwischen uns steht, lösen können. Linni in meinem Arm ist der Anfang.

Ein schreiendes Kind durchbricht die Stille. Langsam öffne ich die Augen und brauche einen Moment, mich zu orientieren. Noch bevor ich sie sehe, weiß ich, dass Linni neben mir liegt. Die Mischung aus Lavendelduft in ihrem Haar und der Kokoscreme, die sie für ihre im Winter trockene Haut benutzt, ist für immer in mein Gedächtnis gebrannt.

Langsam drehe ich meinen Kopf zu ihr. Ihr Haar liegt in samtigen Strähnen in ihrem Gesicht, die ich vorsichtig zur Seite schiebe. Sie sieht entspannt aus und ich bilde mir ein, ein kleines Lächeln auf ihren Lippen zu erkennen.

Da ist so viel Glück in mir, Glück, das ich schon lange nicht mehr gefühlt habe. Nein, so sehr ich mir wünsche, ihre Lippen auf meinen zu spüren, und die Innigkeit, die weit über Freundschaft hinausgeht, werde ich nicht riskieren, das zarte Band zu zerreißen, das uns gerade wieder verbindet.

Erneut schreit das Kind, das ein paar Betten von uns entfernt liegen muss. Das Flüstern seiner Mutter bringt es nicht zur Ruhe und Linni öffnet langsam ihre Augen. »Wie spät ist es?«, grummelt sie.

»Ich weiß es nicht. Du bist so fest auf meiner Schulter eingeschlafen, dass ich nicht gewagt habe, nachzusehen.«

»Tut mir leid, ich …«

Ich lache leise. »Kein Problem, du hast auch nur ein ganz klein wenig gesabbert.«

Erschrocken richtet sie sich auf und fasst sich an den Mund, während sie meine Schulter fixiert. Als sie merkt, dass ich sie auf den Arm nehme, boxt sie mich. »Also das Bett ist schon mal bequem«, stellt sie fest, während sie sich umsieht und sich genüsslich streckt. Unsere Jacken liegen auf dem Boden und ich kann mir einen Blick auf ihren runden Po nicht verkneifen, als sie aufsteht und sich nach ihnen bückt.

Verdammt! So wird das nie was, rüge ich mich in Gedanken selbst.

»Immer noch kein Netz. Es ist kurz nach Mitternacht.« Sie steckt das Telefon zurück in ihre Jackentasche und setzt sich an den Bettrand.

»Sollen wir noch eine Runde schlafen? Was anderes können wir jetzt sowieso nicht machen, oder?«

Sie zuckt die Schultern. »Vorhin war die Rede davon, dass es im Restaurantbereich etwas zu essen gibt. Ich hab schon wieder Hunger.«

»Du hast schon wieder Hunger? Ich bin immer noch satt. Ich habe ganz vergessen, wie gern du isst.«

»Dann erinnerst du dich nicht, dass ich immer deine Reste vom Teller essen durfte, wenn wir unterwegs waren?«

Ich lache, erzähle ihr aber nicht, dass ich so manches Mal noch Hunger gehabt hätte, es aber ihr zuliebe liegen ließ.

7

ELINA

Aus dem Augenwinkel beobachte ich Niklas, der am Provianttisch steht, um mir etwas zu essen zu holen. Wie um alles in der Welt ist es nur dazu gekommen? Langsam fahre ich über meine Wange an die Stelle, an der mich seine Finger zuletzt berührt haben. Es ist, als habe sich die Berührung auf meiner Haut eingebrannt. Etwas in mir wünscht sich, dass wir draußen da weitermachen können, wo wir jetzt stehen.

Und doch … Da ist so viel zwischen uns. So viel Ungesagtes. Wo verdammt soll ich mit all den Gefühlen in mir hin? Was ist das für eine dämliche Vereinbarung, abgekupfert aus einem albernen Cinderella-Märchen? Eine Nacht und dann ist der Zauber vorbei?

Er hat dennoch etwas Magisches mit mir gemacht, denn nichts möchte ich lieber, als dass diese Nacht nie endet. Aber wir haben uns geeinigt. Es geht um die Gegenwart, auch wenn ich sicher nicht versprechen kann, die Vergangenheit nicht irgendwann noch einmal zum Thema zu machen. Der Teil in mir ist größer, der den Mann neu kennenlernen möchte, der die letzten Stunden neben mir lag. In diesem Moment kommt er schon mit zwei Hot Dogs auf mich zu.

»Ich dachte, du hast keinen Hunger?«

Er beißt einmal von seinem Wurstbrötchen ab und sieht mich halb lächelnd, halb kauend an. »Der Rest ist für dich«, sagt er dann und ich schüttle schmunzelnd den Kopf. Auch wenn die Situation anstrengend ist, geben sich die Mitarbeiter die größte Mühe, uns wohlfühlen zu lassen. »Hätte nicht gedacht, dass ich nach Mitternacht jemals Hot Dogs im IKEA esse.«

Ich lache. »Davon können wir unseren Enkeln mal erzählen. Wie wir hier festsaßen und du weder IKEA noch das Essen leiden konntest …«

»… und ich trotzdem die beste Zeit meines Lebens hatte. Das erzählen wir unseren Enkelkindern.« Er sieht mich intensiv an und unsere Blicke verfangen sich.

Ich schlucke. Seine Worte hallen noch immer in mir nach. Und ich habe mir nicht eingebildet, wie er das Wort *unsere* betont hat. Aber vielleicht drehe ich gerade einfach durch. Ich kaue langsam weiter und sehe aus dem Fenster, durch das auch er schaut.

Ich frage mich, was Lovisa dazu sagt, wenn sie von der ganzen Sache mit Niklas und mir erfährt – wobei es nichts zu erfahren gibt, es ist ja nichts vorgefallen. *Außer, dass du ihn gestern noch gehasst hast und ihr jetzt plötzlich Freunde seid,* spottet meine innere Stimme. Egal, was sie oder andere denken, es fühlt sich gut an, so wie es gerade ist. Und wenn es möglich wäre, wäre es schön, auch in Zukunft normal miteinander umzugehen. Wenn nur die Sache mit seinem Hotel und meinem Bed and Breakfast nicht wäre. Wenn es das überhaupt bleibt. Wer weiß schon, wo das Leben uns hinführt. Und nur weil wir uns vertragen haben, muss das ja nicht gleich heißen, dass wir uns jeden Tag treffen.

»Hast du Lust, mich morgen, wenn deine Gäste eingecheckt haben und du etwas Luft hast, im Hotel zu besuchen?«

Erstaunt blicke ich ihn an. Es ist unheimlich, dass es vom ersten Moment an genauso abläuft wie früher. Es war schon immer so, dass der eine, oft ohne es zu merken, die Empfindungen oder Gedanken des anderen wahrgenommen hat. Damals haben wir uns immer darüber amüsiert, gesagt, vielleicht wären wir ja heimliche Zwillinge und in Wahrheit gäbe es zwischen unseren Familien ein dunkles Geheimnis. Ich lächle in mich hinein. Ohne Geschichten, die man als Kind in Lillaström erfindet, kann das Leben recht eintönig sein. Mit Niklas war mir nie langweilig.

»Und?«, will er wissen.

»Besuchen … morgen … Keine Ahnung, was los ist, wenn wir hier rauskommen, aber wenn es passt. Warum nicht? Ich war ja schon mal da.«

»Du meinst deinen Auftritt gestern?«

Ich schließe kurz die Augen. Was habe ich mir nur dabei gedacht? Mit Abstand betrachtet, war das echt eine peinliche Aktion.

Niklas boxt mir leicht in die Seite. »Mach dir keine Gedanken. Hab mit den Mitarbeitern gesprochen, die sind nicht sauer.«

Schamesröte steigt in meinem Gesicht auf. Ich war gemein zu Ulv und Anna, da werde ich mir irgendetwas Nettes einfallen lassen müssen. Andernfalls kann ich das Hotel sicher nicht noch einmal betreten.

»Immer noch nicht besser da draußen«, lenke ich ab und sehe aus dem Fenster.

»Nein. Sieht nicht aus, als kämen wir vor morgen hier raus.«

Ich zucke die Schultern. »Dann müssen wir eben weiterhin das Beste daraus machen und vielleicht wirst du am Ende ja doch noch ein IKEA-Fan.«

Niklas sieht mich mit einem Grinsen im Gesicht an und legt den Kopf schief. »Was heckst du aus?«

»Ich hecke nichts aus. Aber weißt du, worauf ich Lust habe?« Er schüttelt den Kopf und ich grinse. »Auf ein schönes Bad.«

»Und du willst, dass ich dabei bin?«, fragt er mit einem Zwinkern.

Ich beuge mich ein wenig über den Tisch zwischen uns, er weicht nicht zurück, wie ich es mir gedacht habe. Dieses Spiel hatten wir in der Vergangenheit schon öfter. Und wie es damals auch war, lässt es mein Herz bis zum Hals klopfen und flutet mein Blut direkt ins Gesicht, das sicher rot ist wie ein Weihnachtsstern.

»Du und ich«, flüstere ich heiser und kann an seinem Kehlkopf sehen, wie er schluckt. »Du und ich … nehmen ein Bad«, wiederhole ich immer noch leise, lehne mich zurück, stehe auf und ziehe an seiner Hand. »Ein wildes, schweißtreibendes … Bällebad«, sage ich jetzt lachend.

»Du bist echt unmöglich. Und warum gilt die Vermeidung von Zweideutigkeit für mich und nicht für dich?«

Ich drehe mich lachend um. »Welche Zweideutigkeit?«, frage ich kichernd und doch poltert mein Herz immer noch heftig in meiner Brust angesichts seiner Reaktion.

»Pause! Ich schwitze!«, rufe ich Niklas zu, der sich hinter der Rutsche versteckt.

Außer Atem halte ich mir die rechte Seite. Vor lauter Lachen habe ich Seitenstechen. Ich lasse mich auf den bällebedeckten Boden sinken und lege mich auf den Rücken.

»Komm, das müssen wir festhalten«, sagt Niklas, legt sich neben mich und zieht sein Handy aus der Tasche. »Mist, der Akku ist leer.«

Ich strecke mich und ziehe meine Handtasche zu mir, hole mein Telefon heraus und reiche es ihm. »Nimm meins.«

Er schiebt sich nah an mich heran und nach einigen kurzen Posen drückt er ab.

»Zeig her«, sage ich und blicke dann etwas enttäuscht auf das entstandene Bild. »Das können wir besser.«

Erneut lachen wir und veranstalten ein wildes Shooting. Niklas, der den Mund aufreißt und so tut, als wolle er den blauen Ball geradewegs vollständig hineinschieben. Ich, die sieben Bälle auf einmal umarmt, und wir beide, die auf Bällen balancieren.

»Geht's dir gut?«, frage ich, als Niklas sich zum wiederholten Male auf den Bällen langlegt, aber nicht mehr aufsteht.

Er atmet tief ein. »Ich kann nicht mehr! Bin schließlich keine achtzehn mehr, auch wenn ich mich gerade so fühle«, schnauft er und ich lache.

»Deine Kondition hast du wohl in Amerika zurückgelassen?«

Und so schnell kann ich nicht schauen, da hat er mich schon in seine Arme geschlossen, über sich geschmissen und doch zart in die Bälle gelegt.

Ich lache. »Schon gut, ich glaub dir ja.« Ich schmiege mich an Niklas und gähne.

»Wer schwächelt jetzt?«, will er wissen.

»Schuldig«, bekenne ich und lege meinen Kopf auf seine Schulter. Erst jetzt bemerke ich, wie intim die Situation ist und will mich zurückziehen.

Er hält meine Schulter umschlossen und drückt mich an sich. »Ist okay, Linni.«

Ich nicke und halte die Luft an. Alles an mir will seine Lippen liebkosen, die Erinnerungen an Zeiten, in denen wir zusammen waren, wieder lebendig werden lassen. Minutenlang lausche ich wie hypnotisiert seinem Herzschlag.

»Was ist das zwischen uns?«, flüstere ich.

Niklas antwortet nicht, stattdessen höre ich seinen regelmäßigen Atem. Vertraut und doch so weit weg.

»Was ist das zwischen uns?«, flüstere ich erneut, schmiege mich noch ein wenig enger an Niklas und schließe die Augen.

Beladen mit dem Lattenrost und der Matratze stehen wir am nächsten Morgen vor dem IKEA. Wie befürchtet und viel zu schnell fühlt sich das Zusammensein hier draußen mit Niklas fremd an.

»Das Auto müssen wir wohl erst noch freiräumen«, sagt Niklas und zeigt auf seinen Wagen, den man unter der Schneemenge kaum erkennt.

Keine Ahnung weshalb, aber ich bin nervös. Ich fahre mir durchs Haar. »Ja. Das machen …«

»Elina, Elina!« Wir drehen uns synchron in Richtung der Stimme, die meinen Namen ruft, und ich entdecke Lovisa und Jan. Sie stürmt auf uns zu und umarmt mich so heftig, als hätten wir uns eine Ewigkeit nicht mehr gesehen. »Ihr wart auch im IKEA heute Nacht? Was machst du hier?«, will sie wissen.

Ich seufze. »Ist ne längere Geschichte, auf jeden Fall brauchten wir einen neuen Lattenrost. Bin dann auf dem Weg hierher mit unserer alten Kiste liegengeblieben. Und …«

»… Niklas hat dich aufgegabelt?«

Ich nicke und schlucke fest, während Lov von Niklas zu mir und zurückblickt. Ihre Fragen kann ich in ihren Augen lesen. »Wo ist Bjorn?«, lenke ich ab, in der Hoffnung, Lovisa verkneift sich die Fragerei vor Niklas.

»Den haben wir verloren, wir sind im Aufzug steckengeblieben.«

»Im Aufzug?«, frage ich nach und erkenne an Lovs himbeerfarbenem Gesicht, dass mehr vorgefallen ist. Dann blicke ich zu Jan, dem die Situation sichtlich peinlich ist.

»Sollen wir dich mitnehmen?«

Ich drehe mich zu Niklas um, der mich warm anlächelt. »Klar, fahr schon. Ich helfe euch noch einräumen.«

»Kein Problem«, mischt sich Jan ein und nimmt ihm den Einkaufswagen ab, um ihn zu seinem Auto zu schieben. So gut das durch die Schneemassen geht.

»Dein Auto … Soll ich, sollen wir …«

Niklas winkt ab. »Das krieg ich schon freigeräumt.« Es fühlt sich wie lange Minuten an, in denen wir uns ansehen und keiner so recht weiß, wie wir uns voneinander verabschieden sollen.

Ich hebe zögerlich die Hand. »Hej då, bis bald.«

Einen Moment habe ich den Eindruck, dass er mich traurig ansieht, doch so schnell, wie er da ist, ist er auch wieder erloschen. Lachend schließt er die Lücke zwischen uns und drückt mich fest an sich. »Danke für das tolle Erlebnis gestern. Das werde ich nie vergessen. Melde dich, falls du heute Abend im Hotel vorbeikommen willst.«

Ich nicke und sehe ihm noch eine Weile hinterher, ehe Lovs Räuspern mich wieder ins Hier und Jetzt versetzt. »Ein Erlebnis? Du gehst ins Hotel? Wow! Bedeutet das, wir hassen Niklas nicht mehr? Schwesterherz, da hast du mir einiges zu erzählen.«

8

NIKLAS

Keine Ahnung, wie oft ich die letzten Stunden auf meine Uhr oder auf mein Telefon gesehen habe. Mittlerweile ist es nach zwanzig Uhr und die Hoffnung, dass Linni sich noch meldet, geht gen null. Der Gedanke, dass wir uns nach allem, nach der letzten Nacht wie Fremde begegnen, ist unerträglich.

Ich fahre meinen Computer hinunter. Die letzten Zusagen für unser Opening-Event in ein paar Tagen sind eingetroffen. Ich denke an Linnis Auktion auf dem Weihnachtsmarkt und daran, wie sie von Weihnachten gesprochen hat. Natürlich weiß ich, dass ihre Mutter vor zehn Jahren kurz vor Weihnachten verstorben ist. Und klar habe ich geahnt, dass sie nach unserer Trennung im selben Jahr gelitten haben muss. Dennoch, wie sehr, das war mir nicht bewusst. Sie hat Weihnachten geliebt wie alle Lillaströmer und ich weiß noch, dass ich sie das ein oder andere Mal damit aufgezogen habe, wie albern sie aussah in ihrem Kostüm zum jährlichen Weihnachtsspiel. Die Erinnerung flutet mich mit wohliger Wärme.

Draußen liegen einige Zentimeter Neuschnee, stelle ich fest, als ich durch das bodentiefe Fenster meines Büros blicke. Die Schneedecke glitzert im Flutlicht des Hotels, gerahmt vom dunklen Wald im Hintergrund.

»Herein!«, rufe ich, als es an der Tür klopft.

»Ich wollte mich abmelden. Die Spätschicht ist schon da. Arbeitest du noch? Ulv und ich wollen ins Little Italy … da dachte ich … vielleicht …«

»Nein danke. Viel Spaß, Anna«, sage ich und blicke erstaunt auf die Uhr. Obwohl ich das den ganzen Tag getan habe, habe ich nicht bemerkt, wie schnell die Zeit am Ende doch vergangen ist.

»Ist gut. Ach ja, morgen reisen die Inglewoods ab, die Familie aus England. Sie haben gedroht, eine schlechte Rezension zu veröffentlichen, weil der Wellnessbereich nicht wie angekündigt eröffnet war.«

Ich seufze. Darum werde ich mich morgen kümmern.

Kurz überlege ich, noch eine Mail zu verschicken, entscheide mich dann aber doch dagegen. Ich muss Linni sehen, sichergehen, dass nichts zwischen uns steht.

Außer den kleinen Lichtern aus den Zimmern des Bed and Breakfast ist es dunkel im Sundberghus.

Linnis Auto wurde offensichtlich bereits abgeschleppt, was aber nichts darüber aussagt, ob es fährt, und somit nichts darüber, ob Linni da ist. Unverrichteter Dinge gehe ich zurück Richtung Parkplatz, da fällt mir ein, dass ich nachsehen könnte, ob Bjorn in der kleinen Werkstatt hinter dem Haus ist. Obwohl er längst sein eigenes Geschäft hat, weiß ich, dass er hier hin und wieder noch arbeitet. Und tatsächlich brennt Licht und sein SUV steht davor.

Mit langen Schritten stapfe ich durch den Schnee hinüber. Die Tür ist angelehnt, doch Linnis Stimme, die gereizt klingt, stoppt mich. »Die Zeit hättest du investieren können, um Pappas Bett zu reparieren, weswegen ich eine ganze Nacht im IKEA festgesteckt habe.«

Bjorn stöhnt leise auf und etwas in mir möchte umdrehen, um zu gehen. Und doch stehe ich wie festgewurzelt da, denn ich ahne, worum es geht.

»Du hast mich nicht gefragt, Linni. Woher soll ich wissen, wenn irgendetwas kaputt ist?« Ich erschrecke ein wenig vor seinem Tonfall, denn so schroff kenne ich ihn gar nicht.

»Wenn du dich nur ein kleines bisschen mehr für das Bed and Breakfast interessieren würdest, müsste ich dir nicht alle Informationen hinterhertragen.«

»Weißt du, was mich echt nervt? Immer spielst du das Opfer, das alles allein machen muss und von der

Familie im Stich gelassen wird. Dabei ist es doch so, dass du nicht mal in Erwägung ziehst, Hilfe anzunehmen. Du willst sie nicht.«

Ich atme nicht, und auch wenn eine Holztür uns trennt, kann ich Linnis trotzigen Gesichtsausdruck erahnen. »Und deshalb hab ich Lovisa gebeten zu kommen?«

»Weil das Kind bereits in den Brunnen gefallen ist. Das ist der Grund.«

»Das ist nicht fair, Bjorn. Du weißt genau, dass das Familienunternehmen längst nicht mehr in unserem Besitz wäre, hätte ich mich nicht nach Mammas Tod darum gekümmert.«

Bjorn schweigt und ich hoffe, er sagt jetzt nichts Unschönes. Dann seufzt er. »Elina, ich liebe dich. Wirklich, aber gerade heute möchte ich nichts mehr als meine Ruhe. Ich bin nur hier, um Material abzuladen. Aber vielleicht hilft dir ja die Info, dass ich einen Auftrag habe. Von Niklas. Er zahlt großzügig und die Hälfte des Gewinns geht ans Bed and Breakfast.«

Wieder kurzes Schweigen. »Das ist lieb. Aber ich möchte nicht, dass du deinen Verdienst abdrücken musst. Ich …«

»Entspann dich, das war Niklas' Idee.«

»Was?«, fragt sie in einem fast schrillen Ton, der mir sagt, dass sie ganz und gar nicht begeistert ist. »Ich werde …«

Die Tür wird schwungvoll geöffnet. Ich mache einen Satz nach hinten, der mich im Schnee rutschen und fallen lässt.

Sie sieht mich mit weit aufgerissenen Augen an. Erschrocken tritt sie einen Schritt zurück. »Was machst du denn hier?«

Schnell rapple ich mich auf, klopfe mir den Schnee von den Klamotten und hebe abwehrend die Hände. »Du hast dich nicht gemeldet. Ich wollte dich sehen.«

Sie runzelt die Stirn und ich erkenne, dass sie überlegt, was sie dazu sagen soll. »Wenn ich Zeit gehabt hätte, dann hätte ich mich gemeldet.«

Ich nicke, sage aber nichts dazu.

Sie legt den Kopf in den Nacken. »Warum machst du das?«

»Warum mache ich was?«

»Du hast doch gerade alles mitbekommen, oder nicht?«

»Den Auftrag an Bjorn … Ich brauche Möbel für den Wellnessbereich im Hotel und er ist der Beste«, erkläre ich wahrheitsgemäß.

»Das meine ich nicht. Warum sollen fünfzig Prozent an das Bed and Breakfast gehen?«

Ich lächle. »Was denkst du denn? Ich möchte euch helfen und wenn ich dir das Geld geschenkt hätte … Hättest du es angenommen?«

Sie atmet tief durch.

»Siehst du. Ich finde …«

»Wir brauchen keine Spenden von dir, Niklas. Wir brauchen gar nichts von dir.« Linni stapft mit großen, wütenden Schritten durch den Schnee an mir vorbei.

Aber diesmal werde ich nicht zulassen, dass sie mich stehen lässt. Ich umfasse ihren Arm, woraufhin sie im Schnee rutscht. Mit der anderen Hand greife ich ihre Schulter und kaum habe ich mich versehen, halte ich sie in meinen Armen.

Ihr Gesichtsausdruck sagt mir, ich soll sie loslassen, aber ihr Körper rührt sich keinen Millimeter. Unsere Blicke treffen sich und mit jedem Wimpernschlag wird der Ausdruck in ihrem Gesicht weicher.

Ich lockere meinen Griff und lasse sie dann letztendlich los. »Lass uns ein wenig spazieren gehen.« Linni rollt die Augen und öffnet den Mund, um etwas zu sagen, doch ich stoppe sie. »Ich darf mir also immer nur deine Vorwürfe anhören, aber nichts dazu sagen? Findest du das fair?«

Sie fährt sich durch ihre blonden Haarspitzen, die unter ihrer grünen Bommelmütze hervorlugen. Erneut spürte ich den Drang in mir, sie fest an mich zu ziehen und ihre sinnlichen, vollen Lippen zu küssen.

»Gut, eine halbe Stunde«, gibt sie dann endlich nach.

Eine Weile gehen wir schweigend nebeneinanderher.

»Es tut mir leid, dass ich so vieles in deinem Leben durcheinanderbringe. Das ist nicht mein Ziel, das sollst du wissen.«

Bisher hat sie den ganzen Weg auf ihre Gummistiefel gesehen, doch jetzt hebt sie den Blick und schaut mich ernst an. »Ich glaube dir.«

Tatsächlich habe ich mit allem gerechnet, damit nicht. Es lässt mein Herz höherschlagen, und auch wenn sie distanziert ist, greife ich nach ihrer Hand. Wir bleiben stehen und es fällt mir schwer, sie nicht wie in Gedanken Hunderte Male an mich zu ziehen. »Das bedeutet mir viel«, raune ich stattdessen.

Linni entfernt sich ein wenig von mir. »Ich bin trotzdem durcheinander, Niklas. Mehr noch als ich es vor letzter Nacht war. So gern ich das möchte, es funktioniert nicht. Da sind zu viele Fragen, Dinge, die mich nicht loslassen. Ich habe dir vertraut, dachte, wir halten zueinander, egal was passiert. Aber so war es nicht. Dein Schweigen, das meiner Bitte folgt, noch ein paar Monate zu warten, war damals die schmerzende Antwort auf meine Liebe zu dir. Und ja, das ist zehn Jahre her und Menschen verändern sich …« Sie seufzt. »Ich weiß einfach nicht, ob wir jemals an den Punkt zurückkommen können, bevor wir Schluss gemacht haben.«

Ihre Worte treffen mich wie eine eisige Faust, die mein Herz umschließt. Und ich verstehe sie. Wir haben uns einvernehmlich getrennt, aber sie ist die, die zurückgeblieben ist, in einem Ort, der sie damals schon erdrückt hat. Wenn ich mich in sie hineinversetze … Womöglich, nein, ziemlich sicher ginge es mir ähnlich. Ich weiß nicht, ob ich mit ihr gesprochen hätte. Linni ist die mit dem großen Herz, bemerke ich erneut.

Ich schlucke fest den Kloß in meinem Hals hinunter. »Bitte lass es mich wiedergutmachen. Oder höre dir zumindest meine Sicht der Dinge an.« Ich lasse sie nicht aus den Augen, während ich auf eine Antwort warte.

Sie nickt leicht.

Bevor ich spreche, schicke ich ein Gebet los, nicht wissend, ob es jemanden gibt, der es hört. »Du wolltest unabhängig sein, frei und vor allem wolltest du malen. Daran erinnere ich mich genau. Und das soll nicht nach einer faulen Ausrede klingen, aber ich glaube, letztendlich habe ich die Freiheit mehr gebraucht. Ich hatte keine Begabung, nichts, keinen Traum, an den ich mich festhalten konnte. Doch da war dieser Drang in mir, Lillaström zu verlassen, um herauszufinden, ob es nicht doch etwas gibt, das mich erfüllt. Mit Abstand betrachtet, mussten wir unsere eigenen Wege gehen.«

Sie schweigt, doch ihre Augen glänzen im Flutlicht des Hofes. Langsam gehen wir ein Stück und die Sekunden werden zu gefühlten Stunden, ehe sie endlich spricht. »Ich habe dich gebraucht. In der Zeit als du alles … als du mich hinter dir gelassen hast. Da habe ich dich ganz besonders gebraucht. Du warst immer derjenige, der mich erfüllt hat. Das hatte mit Freiheit rein gar nichts zu tun. Nicht für mich.«

Ihre Worte treffen mich und doch kann ich sie nicht so stehen lassen, auch auf die Gefahr hin, dass ich am Ende alles noch viel schlimmer mache. »Du hast mich gedrängt zu gehen. Auf keinen Fall wolltest du, dass ich bleibe. Du sagtest, deine Gefühle für mich reichen nicht.« In dem Moment, als ich den Satz ausspreche, ist der Schmerz zurück. Wir haben einander so sehr verletzt. Und dennoch haben wir diese Entscheidung gemeinsam getroffen. »Ich verstehe nicht, warum du das alleinige Recht hast, wütend auf mich zu sein. Auch du hast mir das Herz aus der Brust gerissen, Elina.«

»Weil ich ihn gespürt habe, deinen Drang, wegzugehen. Koste es, was es wolle. Selbst wenn ich nicht Teil dessen war, was du in deiner Zukunft gesehen hast. Ich konnte nicht ertragen …« Sie stoppt, öffnet dann den Mund, um etwas zu sagen, schließt ihn jedoch wieder. Mit gesenktem Kopf blickt sie in die Dunkelheit der Nacht. Sie so zu sehen …

Ich umarme sie und drücke sie an meine Brust. »Können wir uns darauf einigen, dass wir beide Fehler gemacht haben, indem wir nicht ehrlich zueinander waren? Ich vermisse dich in meinem Leben, Linni.«

»Und warum fällt dir das jetzt ein? Wie lange bist du schon wieder in Lillaström?«

Sie hat recht und ich brauche einen Moment, um über ihre Frage nachzudenken. Es war nicht der Stress mit dem Hotel, der mich davon abgehalten hat, sie zu sehen, es war mir auch nicht egal. »Ich hatte Angst, Elina. Verdammte Scheißangst.«

»Wovor?«

»Dass meine größten Befürchtungen wahr werden. Dich nie wieder in meinem Leben zu haben, weil du mich so sehr hasst, dass es dir unmöglich ist, auch nur mit mir zu sprechen.«

»Das war der Plan.«

Nun weiche ich ihrem Blick aus. Und doch ist da noch etwas, das ich sagen muss. »Ich habe dich immer für deine Stärke bewundert. Du hast schon vor dem Tod deiner Mutter alles am Laufen gehalten. Du hast dich um deine Geschwister gekümmert, Verantwortung für alles und jeden übernommen. Und ja, auch für mich. Du warst diejenige, die mich bestärkt hat, den Weg zu gehen, den ich mir so sehr gewünscht habe. Jede Minute habe ich an dich gedacht. Und war dankbar, auch wenn ich mir sicher war, dass du mich nicht brauchtest. Aber ich bin jetzt hier und übernehme die Verantwortung. Ich werde um deine Freundschaft kämpfen, weil es nie einen Menschen in meinem Leben gab, der mir wichtiger war als du.«

Elina wischt sich mit dem Handrücken eine Träne von der Wange und kramt dann in ihrer Handtasche. Vermutlich nach einem Taschentuch. Es tut mir weh, zu sehen, dass sie weint. Aber die Dinge müssen gesagt werden, davon bin ich überzeugt. Die Zeit weit weg von Lillaström hat mich einiges gelehrt. *Bleib dir treu und sprich deine Meinung aus. Ein wahres Wort bringt dich weiter als Hunderte nicht gesprochene.* Das Leben ohne Linni hat mich geöffnet, aber ich befürchte, sie hat es verschlossen.

»Wie hätte ich dich um deine Träume bringen können, Niklas? Ich war glücklich, wenn du es warst. Aber als du dann weg warst … Du hast so vieles von mir mitgenommen. Unwiderruflich. Hier stand so viel auf dem Spiel. Die Existenz unserer Familie. Ich kann immer noch nicht fassen, dass du das nicht verstehen konntest.«

»War es denn so? Du hast zwei Geschwister und einen Vater.«

»Mein Bruder hängt mit dem Kopf in den Wolken. Er kann nicht mit Gästen umgehen und meine Schwester … die wollte Karriere machen. Wer blieb denn außer mir?«

»Das ist das, was ich an dir immer geliebt und auf der anderen Seite nie verstanden habe. Du reißt Verantwortung an dich, wo es vielleicht gar keine gibt, ohne zu hinterfragen, ob es noch andere Lösungen gäbe. Nach außen hin wirkst du selbstsicher und weißt genau, was du willst. Das habe ich übrigens nie hinterfragt. Und wahrscheinlich war das mein größter Fehler. Ich habe nicht hinter deine Worte geblickt.«

Linni sieht mich aufmerksam an.

»Können wir versuchen, miteinander zurechtzukommen? Ist es nicht das, was wir unserer Vergangenheit schulden?«

Sie atmet tief durch. »Haben wir das nicht gestern schon? Die Vergangenheit dort gelassen, wo sie hingehört. In der Gegenwart gelebt?«

Ich streiche ihr die Tränen von den Wangen. »Und ich habe jede Minute genossen. Und das hier, dass wir über all das sprechen, was geschehen ist, ist wichtig. Sonst kann es keine Zukunft geben, in keiner Form.«

»Die Zukunft also?«, flüstert sie und ich nicke.

»Lass mich dir ein Versprechen abnehmen, ja?«

Linni sieht mich kritisch an.

»Kein Schweigen mehr, keine Missverständnisse. Die Wahrheit, immer!«

Sie nickt. »Die Wahrheit. Immer!«

Schweigend gehen wir schließlich weiter nebeneinanderher. Von Weitem sind die bunten Lichter des Weihnachtsmarktes zu erkennen wie Hoffnungsschimmer mitten in der Dunkelheit.

Ich greife ihre Hand. »Linni, wenn wir das wirklich wollen, schaffen wir das. Es muss diesen Konflikt zwischen uns nicht geben.«

Erneut bleibt sie stehen. »Warum dann gerade ein Hotel, Niklas?«

Ich zucke die Schultern. »Ich weiß es nicht. Es gibt sonst kein Hotel in Lillaström.«

»Aber es gibt ein Bed and Breakfast«, antworte sie und reckt ihr Kinn. Dabei sieht sie so sexy aus. Es fällt mir schwer, mich zu beherrschen.

»Euer Konzept ist ein völlig anderes. Ich bin keine Konkurrenz für euch«, erkläre ich stattdessen.

»Warum haben wir dann seit deiner Eröffnung immer weniger Gäste?«

»Mag das an euch liegen? Das ist nicht böse gemeint, aber die letzten Rezensionen, die waren …«

»Du liest unsere Rezensionen, siehst uns aber nicht als Konkurrenz?«

Ich lache. »Wie immer, du legst alles auf die Goldwaage. Nein. Ich habe die Rezensionen nicht gelesen, weil ich das Bed and Breakfast als Konkurrenz wahrgenommen habe, sondern weil es mich interessiert hat. Weil du es führst, verdammt! Weil es mir nicht um das Geschäft geht, sondern um dich.« Ich umgreife ihre Schultern und sehe sie intensiv an. Unsere Blicke treffen sich und sie streicht über meine Wange.

»Ich glaube dir«, flüstert sie und lehnt ihren Kopf an meine Brust.

Ich weiß nicht, wie lange wir in diesem Moment eingefroren sind, ehe wir weitergehen.

»Lass uns etwas Heißes trinken«, sage ich und nehme sie an die Hand. Zusammen spazieren wir auf den Markt, dessen Düfte verlockend mit dem eisigen Wind zu uns herüberwehen.

»Ist die nicht wunderschön geworden?«

»Dass du so ein Romantiker bist?«, fragt sie mich, während wir am Marktplatz vor der geschmückten Fichte stehen.

»Wie kann einen die Atmosphäre hier nicht berühren?«, kontere ich und ziehe sie zu Johan, der gerade seinen Stand abbaut. »Hej, hast du schon alles eingepackt oder noch etwas von deinem Weihnachtszaubertrank für uns?«

Mit verschwörerischer Miene sieht er sich um und führt dann einen Zeigefinger vor seinen Mund, der durch den dichten Bart kaum zu erkennen ist. »Ich habe etwas Besseres. Der ist nur besonderen Personen vorbehalten. Also, pst, erzählt es nicht weiter.« Dann schweigt er einen Moment, sieht uns aber kurz drauf spitzbübisch an. »Gut, dass ihr genau solche besonderen Menschen seid.« Dann sieht er sich noch einmal um und bückt sich rasch. Fragend hebt Elina die Brauen und ich zucke die Schultern. Wenige Augenblicke später reicht uns Johan jeweils ein Schnapsglas. »Beeilt euch, die Gläser brauche ich wieder«, sagt er drängend.

»Das ist dein bester Schnaps, Johan«, lobt ihn Linni, woraufhin er ein wenig wächst vor Stolz.

»Der nächste Glögg geht auf mich«, sagt er fröhlich und pfeift dann irgendein Weihnachtslied, das mir bekannt vorkommt. Nachdem er uns das Getränk reicht, ist er mit Touristen beschäftigt, denen er etwas über den Tresen hinweg zuflüstert.

»Dann sind wir wohl doch nicht so besonders«, sage ich schmunzelnd. Wir entfernen uns ein wenig vom Stand und stellen uns an den Rand zu den Strohballen, die dem Markt einen Rahmen geben und fast wie Julböcke aussehen, die ihn bewachen.

Linni hält ihren Glögg fest umschlossen, während sie ihre Nase über das dampfende Getränk hält, dessen Süße mit dem leichten Wind zu mir herüberweht.

»Weißt du noch, wie ich und Bjorn den in der alten Scheune meines Onkels selbst brauen wollten?«

Sie lacht. »Allein von den Ausdünstungen waren wir betrunken. Ihr habt Stunden damit verbracht, die richtige Rezeptur zu rauszufinden.«

Ich nicke. »Davon hast du dich nicht stören lassen. Während wir von Stunde zu Stunde betrunkener wurden, hast du an deinen Bildern gemalt.«

»Gut, dass ich da war, wer hätte Bjorn am Ende sonst nach Hause gebracht? Du sicher nicht.«

»Nein, das hätte ich nicht mehr auf die Reihe bekommen«, gebe ich zu und wir lachen, vertieft in die Erinnerung. »Malst du noch?«, will ich wissen.

Sie seufzt. »Schon lange nicht mehr. Mir fehlt einfach die Zeit.«

Ihre Worte verpassen mir einen deutlichen Stich in die Brust. Linnis Leben hat sich so verändert. »Das hast du immer so gern gemacht, ich kann mir gar nicht vorstellen, dass du nicht mehr malst. Du solltest …«

»Hast du mit Lovisa gesprochen?«, unterbricht sie mich.

»Nein. Aber dann ist sie wohl meiner Meinung?«

Linni schüttelt leicht den Kopf. »Ihr stellt euch alles so einfach vor, aber das ist es nicht. Und selbst wenn ich die Zeit hätte, mein Kopf ist so voller Dinge, voller Sorgen. Da hätte ich keine Muse zum Malen.«

Bestürzt höre ich zu, merke aber auch, dass es besser ist, das Thema nicht zu vertiefen. Die Atmosphäre und die Stimmung zwischen uns sind entspannt. Das möchte ich auf keinen Fall zerstören. »Wollen wir weiter?«

Gemütlich gehen wir zu Johans Bude zurück, um unsere Becher abzugeben. Vera ist gerade dazugestoßen, um ihm beim Einpacken zu helfen. Ihr Blick streift aufmerksam und fragend von mir zu Elina. Dann lächelt sie und verwickelt Elina in ein Gespräch. Schmunzelnd beobachte ich die beiden, die immer wieder zu mir herüberschauen, während ich für Johan die schweren Kisten einlade.

Bleibt abzuwarten, welche abstrusen Geschichten sich die nächsten Tage in Lillaström durchsetzen. Ich werde es im Hörnan sicher erfahren.

»So fröhlich habe ich sie seit Jahren nicht gesehen, Niklas«, holt Johan mich aus meinen Gedanken. Sein Kommentar macht mich traurig und glücklich zugleich.

Ich weiß nicht genau, was ich dazu sagen soll, weshalb ich die Schultern zucke. »Zumindest ist sie nicht mehr wütend auf mich.«

»Du und Elina … Es war damals nicht eure Zeit, aber das Schicksal hat dich nach Hause gebracht und ich kenne niemanden, der so sicher zusammengehört wie ihr beide. Verbock es diesmal nicht.«

Ich möchte antworten, doch dann ruft Linni nach mir. »Das werde ich nicht«, sage ich deshalb nur und gehe zu ihr.

»Alles in Ordnung mit Johan, der hat gerade ganz ernst geschaut?«, erkundigt sie sich.

Ich nicke. »Er hat mich nur um einen Gefallen gebeten.«

Sie runzelt die Stirn. »Tatsächlich? Worum geht es?«

»Das wirst du, wenn alles gut geht, bald erfahren.«

In ihrem Gesicht lese ich Fragen. Doch dann bleibt sie vor der Fichte stehen, die im vollen Glanz dekoriert funkelt und glitzert. Ihre Augen werden weit und das Funkeln der vielen Lichterketten am Baum spiegelt sich in ihren hellen Iriden wider.

»Du hast recht. Es ist wunderschön«, flüstert sie und ich hoffe, ihre Stimmung liegt nicht nur am Glögg, der sie so strahlen lässt, als stünde sie in direkter Konkurrenz zu der Fichte.

»Das ist es.«

»Es ist das zehnte Jahr, dass ich Weihnachten nicht mehr feiere«, erzählt sie flüsternd, ohne den Blick vom Baum zu nehmen.

Ich schlucke, denn meine Befürchtungen diesbezüglich bestätigen sich. »Es tut mir leid«, flüstere ich.

Sie lacht leise. »Es hat nicht nur mit dir zu tun. Es war … alles, verstehst du?«

Ich nicke und nehme ihre Hand in meine.

»Als Mamma starb, war ich verloren. Nichts hat mich mehr gehalten. Sie war es, die in meinem, in unser aller Leben alles am Laufen gehalten hat, die unser Kompass war. Für mich gab es dann nur noch dich.« Sie dreht sich zu mir um und sieht mich ernst an. Mein Herz zerreißt, als ich sehe, dass ihre Augen in Tränen schwimmen. »Ständig frage ich mich, ob ich dich mit meiner Trauer verjagt habe, ob es zu viel verlangt war? Ob meine Erwartungen zu hoch waren?«

Tief hole ich Luft. »Elina, ich habe gespürt, wie hin- und hergerissen du warst. Ich habe es nicht über das Herz gebracht, dich von deiner Familie zu trennen. Wie hätte ich dir das nehmen können, was mir selbst nie vergönnt gewesen ist, nachdem ich als Vollwaise aufwuchs? Vielleicht hätte ich das fehlende Gefühl von Familie ersetzt. Was aber, wenn nicht? Wer weiß, wie es gewesen wäre, wenn der Alltag eingetreten wäre. Es war nicht die Trauer, die mich von dir ferngehalten hat. Doch niemals hätte ich mich zwischen dich und deine Familie gestellt. Ich glaube, keiner konnte deine Trauer besser verstehen als ich, und verstehen, wie wichtig es ist, eine Familie zu haben, die einen liebt.« Ich presse die Lippen aufeinander.

Über meine Vergangenheit zu sprechen, den Verlust meiner Eltern, das fällt mir noch immer schwer. Der Unfall, den nur ich knapp überlebte, wiederholt sich noch immer viel zu oft in meinen Albträumen.

»Ich wollte dir das alles ersparen. Deine Familie liebt dich und du liebst sie. Und auch wenn du ständig schimpfst … Dir ist die Arbeit im Bed and Breakfast ans Herz gewachsen. Du kämpfst wie eine Löwenmutter, weil du es liebst.«

Ihre Tränen rinnen ungehindert die Wangen hinunter. Ich ziehe sie an mich, halte sie fest an meine Brust gedrückt und merke erst jetzt, dass auch wir Familie waren.

Minutenlang stehen wir einfach nur so da. Der Schnee tanzt leise und bunt funkelnd im Licht des Baumschmuckes. Linni hebt ihren Kopf und neben der Schwere in ihren Augen erkenne ich noch etwas anderes. Ich bin mir nicht sicher, doch als sie sich langsam auf ihre Zehenspitzen stellt und sich unsere Lippen zu einem zarten Kuss berühren, da weiß ich es.

9
ELINA

Niklas' Lippen auf meinen. Ein Kuss, der das Band zwischen uns neu webt und Erinnerungen in meinem Körper zum Schwingen bringt, die längst vergessen waren. Ganz vorsichtig, vorsichtiger als beim ersten Mal, berühren sich unsere Lippen, lösen sich wenige Millimeter voneinander, um erneut einander zu suchen. Ich seufze leise auf, schließe meine Augen und verliere mich im Schwindel, der mich fliegen lässt. Der uns fliegen lässt.

Und dann ist es, als wären wir nie getrennt gewesen. Leicht wie Schmetterlingsflügel begegnen sich unsere Zungenspitzen, spielen ihr zärtliches Spiel. Ich drücke meinen Körper näher an seinen, genieße seine großen Hände, die mir durchs Haar fahren, seine Fingerspitzen an meinen Wangen, die wider die Kälte heiß unter seiner Berührung brennen. Ein Kuss, der die Traurigkeit der letzten Jahre fortwischt und mit der Gewissheit ersetzt, dass es ein *Wir* geben kann.

Langsam trennen sich unsere Lippen, und ich versinke in seinen dunkelblauen Augen, tiefgründig wie Fjorde. In diesem Moment gibt es nur uns beide an einem Ort aus Zuckerguss, Pfefferminz, Zimt und bunt glitzerndem Schnee, der leise vom Himmel tanzt. Jede Faser meines Körpers möchte Niklas erneut spüren, Erinnerungen wecken, nach denen ich mich so lange gesehnt habe. Eine Sehnsucht, die ich all die Jahre nicht erkannte. Seine Lippen auf meinen, die sich vertraut anfühlen und doch prickelnd und neu, als begegneten sie sich zum allerersten Mal.

»Schließ die Augen«, raunt Niklas mit warmem Atem in mein Haar. Ich hebe den Kopf und endlich sind unsere Lippen erneut vereint.

Wie lange wir hier standen, uns immer wieder küssend, kann ich nicht sagen. Doch die Lieder, die von Weihnachten erzählen, verstummen um uns herum. Unser Kokon aus süßem Duft und buntem Licht verflüchtigt sich mit der Nacht. Und als die letzten Buden schließen und die Lichter der Fichte erlöschen, merke ich, dass wir unter den Letzten sind, die noch auf dem Weihnachtsmarkt stehen.

»Ist dir kalt?«, flüstert Niklas und ich schüttle den Kopf.

»Nein, gar nicht«, antworte ich mit heiserer Stimme, die mir selbst fremd vorkommt. Ich sehe ihm tief in die Augen. »Ich möchte noch nicht nach Hause.«

Er lächelt. »Das möchte ich auch nicht. Wollen wir noch ein wenig spazieren gehen?«

Ein Blitzen schreckt uns auf. Doch als wir dann Lasse Holmberg entdecken, atme ich auf.

»Was macht er da nur?«, frage ich Niklas, der die Schultern zuckt.

»Hej, Lasse!«, ruft er. Offenbar hat er uns nicht entdeckt, denn jetzt ist er es, der aufschreckt.

Mit seiner Spiegelreflexkamera in der Hand kommt er zu uns herüber. »Ihr beide?«, fragt er und sieht uns mit gerunzelter Stirn an. »Ihr Sundbergs mögt es geheimnisvoll, was? Erst dein Bruder mit dieser fremden Frau im Little Italy. Damit hat keiner gerechnet, dass es Bjorn, den ewigen Junggesellen, auf den Pfad der Liebe führt.« Theatralisch hebt er den Arm gen Himmel und ich verstehe kein Wort. »Und jetzt Elina Sundberg auf dem Weihnachtsmarkt zusammen mit Niklas Löfgren.« Er sieht spitzbübisch von mir zu Niklas und fährt sich über den Bart. »Wie auch immer, es sei euch gegönnt. Ich allerdings muss mich um wichtigere Dinge kümmern. Das Fest steht bevor, und es gibt noch viel zu tun. Was machst du eigentlich hier?« Lasse sieht mich vorwurfsvoll an und mir verschlägt es glatt die Sprache.

»Wie meinst du das? Ich … Wir waren auf dem Markt, also …«

»Na, das sehe ich selbst. Dachte nur, du willst mit Weihnachten nichts mehr zu tun haben. Die letzten

Jahre hast du dich auch nicht blicken lassen.« Ohne darauf zu warten, ob ich etwas erwidern möchte, wandert sein Blick zu Niklas. »Ich hab gehört, die Buchungen laufen und ihr seid voll.«

Niklas nickt und Lasse klatscht in die Hände. Selbst in der Dunkelheit leuchten seine blonden Haare.

»So erwarte ich es von den Lillaströmern.« Erneut wirft er mir einen vorwurfsvollen Blick zu und ich weiß jetzt auch wieder, weshalb ich die letzten Jahre die Gemeinde gemieden habe.

»Schon gut, schon gut. Nächstes Jahr beteilige ich mich am Weihnachtsmarkt.«

»Fantastisch!«, ruft er so laut aus, als stünden wir meterweit voneinander entfernt. »Man kann nie früh genug anfangen zu planen. Dann haben wir also schon die Lucia für nächstes Jahr. Perfekt!« Erneut klatscht er in die Hände, dreht sich um und verschwindet, noch ehe ich bemerke, was da soeben passiert ist.

»Was? Ich … Verdammt!«

Gemütlich spazieren wir Hand in Hand durch Lilleströms Gassen. »Kann es sein, dass Bjorn eine Freundin hat?«, überlege ich laut und denke über Lasses seltsame Bemerkung nach.

Niklas zuckt die Schultern. »Ich weiß es nicht, aber ich gönne es ihm von Herzen.«

Das tue ich auch. Ich glaube, dabei zuzusehen, wie Pappa leidet, hält ihn davon ab, sein eigenes Glück zu finden. Ich seufze und eine Weile gehen wir schweigend nebeneinanderher. Seltsamerweise fühlt sich das so natürlich an und ich genieße es, einfach nur im Jetzt zu sein, hier mit Niklas.

Die Fragen, ob es das Richtige ist und was passiert, wenn ich mich auf ihn einlasse, ob er mein Herz erneut in Stücke reißen wird ... Das alles ist heute nicht wichtig. Es ist mir egal. Immer wieder bleiben wir stehen, um uns zu küssen, um dann lachend und plaudernd durch die Nacht zu flanieren.

Am See vor dem Hotel hat es aufgehört zu schneien und der Himmel wirkt so schwarz und tief, als könnten wir einen der tausenden Sterne pflücken, die dort oben hängen. Wie schon so häufig treffen sich unsere Lippen. Lippen, die mir viele Jahre so vertraut waren. Deren Worte mich zum Lachen, deren Liebkosungen mich haben beben lassen. Eine Welle der Lust erfüllt mich, und ich möchte nicht, dass diese Nacht endet. »Wolltest du mir nicht das Hotel zeigen?«

»Wenn du das möchtest«, raunt er gegen meinen Mund. Und ja, das möchte ich.

Meine Hände vergrabe ich in Niklas' dunklem Haar, das feucht vom Schnee geworden ist. Meine Beine um seine Hüfte geschlungen, umfasst er meinen Po mit seinen Händen. Mein Herz poltert so heftig in meiner Brust und in meinem Bauch fühle ich die nächste Welle der Achterbahn, auf der wir fahren. Seine Küsse sind fordernd und ich erwidere sie ebenso dringend.

Mit Schwung lässt er mich auf sein Bett gleiten und der Geruch, *sein* Geruch, der von der Bettwäsche ausgeht, betäubt meine Sinne.

Ich strecke meine Arme nach ihm aus, kann ihn nicht eine Minute mehr missen. Suche erneut seine Lippen auf meinen, und kaum spüre ich sie, vertiefen wir uns erneut in einen endlosen Kuss.

Er stoppt und ich öffne die Augen. Er liegt auf mir, die Arme auf die Matratze gestützt. Der Mond, der voll durch das Fenster scheint, taucht das Zimmer in bläuliches Licht und die kleine Narbe, deren Entstehung so lange her ist, raubt mir mit einem Mal den Atem. Der Mann, der so stark ist, der immer weiß, was das Richtige ist, wirkt verletzlich.

Er sieht mich mit übersprudelnder Liebe an, so wie er es früher getan hat. Eine Mischung aus Hingabe, Erinnerung und dem Kribbeln des Neuanfangs in meinem Bauch öffnet mein Herz so weit.

Ich will ihn. Jetzt. Für immer? In diesem Moment weiß ich es nicht. Und es ist egal. Heute Nacht sind wir wieder ein Wir.

»Bist du si…«

Ich lege meinen Finger auf seine Lippen, um ihn zum Schweigen zu bringen. Sein Kehlkopf tritt hervor, als er schluckt. Dann lächelt er und nickt leicht. Ich schließe die Augen, gebe mich seinen Berührungen hin, seinen Händen, die überall sind. Ich hebe meinen Oberkörper vom Bett, um es ihm leichter zu machen, meinen Pullover auszuziehen. Eine Minute rauscht eine Gänsehaut über meinen Rücken. Eine Mischung aus Kälte und Erregung.

Mit seinen Lippen berührt er jeden Millimeter meines Körpers. Erneut umschlinge ich seine Hüfte mit meinen Beinen. Rutsche ein wenig zur Seite und schiebe mich nach oben.

Jetzt bin ich es, die ihn ausgiebig ansieht. Er ist schön, so schön. Ich schiebe sein Shirt hoch, das sich wie von selbst über seinen Oberkörper zieht. Mit meiner Hand fahre ich über seine Brust, seine Brustwarzen werden unter meinen Fingern sofort hart und die kleinen Härchen stellen sich auf. Die Gefühle in mir fluten über, dringen in jede Zelle meines Körpers. Unsere Blicke verbinden sich, erzählen Geschichten, die keine Worte brauchen. Schwören Liebe, Versprechen, ohne zu sprechen.

Langsam öffne ich meinen BH, ohne ihn aus den Augen zu lassen. Er presst die Lippen aufeinander und sieht mich mit überfließender Liebe an. Ich beuge mich zu ihm hinunter, halte seine Hände, drücke sie leicht gegen die Matratze und spüre seine Erregung unter mir, höre ihn stöhnen. Mein Puls schickt heißes Blut durch meinen Körper. Ich hebe meinen Po und öffne meine Hose, komme aber nicht weiter.

Niklas hebt mich mit einem Ruck hoch und schon stehen wir nebeneinander. Meine Hände gleiten über seine Brust, er umgreift sie und schiebt sie zurück.

»Schließ die Augen«, raunt er in mein Ohr. Die Wärme seines Atems flutet in jede Zelle meines Körpers. Seine Stimme bringt jedes Atom in mir zum Schwingen.

Ich schlucke hart und schließe dann die Augen. Er küsst meine Lider, seine Lippen wandern zu meiner Wange und hauchen über meinen Mund. Ich öffne meine mit einem Zittern, doch er ist schon an meinem Hals angelangt. Eine der Stellen, die mich zum Beben bringt. Ich strecke meinen Kopf nach hinten, stöhne leise. Ich will ihn so sehr.

Langsam zieht er meine Hose und meinen Slip hinunter. Küsst zart meine Oberschenkel, streicht mit seinen Fingern über meine Kniekehlen und hebt mich dann erneut mit einem Ruck hoch. Ich umschließe seinen Oberkörper und ehe ich mich versehe, sitze ich auf einem Schreibtisch, der direkt vor den bodentiefen Fenstern steht. Langsam gleitet mein Rücken nach hinten, während er sich zwischen meine Oberschenkel drängt. Ich schließe die Augen, höre das Reißen des Kondompapiers, öffne mich ihm noch ein wenig mehr und bäume mich ihm mit einem Stöhnen entgegen, als er mich endlich erfüllt.

Langsam bewegt er sich in mir. Gemeinsam fallen wir in einen Rausch, begleitet von warmen rhythmischen Wellen und ich spüre, es sind nicht nur unsere Körper, die verbunden sind. Wir sind vereint auf allen Ebenen und wenn auch unsere Körper getrennt waren, so waren wir es nie.

Langsam öffne ich meine Augen. Die Sonne strahlt durch das Fenster, sodass ich sie sofort wieder schließe. Ich atme tief durch. Es riecht nach Aftershave, Kaffee und Sex. Schnell ziehe ich die Decke über meinen Kopf. Das Plätschern von Wasser und Niklas schiefer Gesang dringen gedämpft zu mir.

Ich ziehe die Beine an meinen Körper, rufe mir die letzte Nacht in Erinnerung, die ein heftiges Kribbeln in meinem Bauch auslöst. Einen Moment horche ich in mich hinein. *Es war toll, mach es jetzt nicht kaputt.*

Ich strample die Decke von mir, springe aus dem Bett und suche nach meiner Kleidung. Wo zur Hölle hab ich sie liegen lassen? Für den Moment muss sein Shirt reichen, ich ziehe es über. Kurz schließe ich die Augen und halte es mir unter die Nase. Es riecht so sehr nach ihm, dass mir schwindelt.

Langsam gehe ich hinüber zum Schreibtisch, der noch von gestern Nacht erzählt, aber auch mit einem köstlichen Frühstück lockt. Es gibt Kaffee und eine Auswahl an Wurst und Käse, sowie Knäckebrot und

Brötchen. Mein Herz hüpft ein wenig höher, als ich ein Tetra Pak mit Filmjölk sehe, genau das, was ich gerade brauche. Ich gieße das säuerliche Getränk in ein Glas und trinke es in einem Zug aus, stelle das Glas auf den Tisch zurück und gehe zum Fenster hinüber, um hinauszusehen.

Eine wundervolle Winterlandschaft liegt vor mir. Ein Winterwunderland, das Touristen von nah und fern anlockt.

»Du bist wach«, höre ich Niklas hinter mir.

Ich war so in Gedanken, dass ich nicht mitbekommen habe, wie er das Wasser ausgestellt hat und sein Gesang verstummte. Schnell, viel zu schnell drehe ich mich um und reiße den Brotkorb mit, dessen Brötchen jetzt über den Holzboden zu ihm hinüberrollen. Er bückt sich danach und ich schlucke angesichts des minimalistischen Handtuchs, das er um seine Hüfte gewickelt hat. Na ja, viel mehr angesichts dessen, was es verbirgt.

»Noch nicht … also, gerade …« Warum bin ich so nervös? Ich ärgere mich über mich selbst und über die Röte meiner Wangen, als er mich grinsend ansieht.

Nachdem er das Gebäck in den Korb zurückgelegt hat, schließt er die kleine Lücke zwischen uns. Mir stockt der Atem und ich bin wie elektrisiert, als er mit seinen Händen meine berührt, seine Fingerspitzen meine suchen. »Guten Morgen, Linni«, haucht er und küsst mich zärtlich.

»Guten Morgen«, flüstere ich und weiche ein wenig zurück. »Darf ich bei dir duschen?«

Er grinst. »Natürlich. Ich warte mit dem Frühstück auf dich.« Niklas streicht mir eine Strähne hinter das Ohr und sieht mich warm an. Wie so oft, wenn er mich berührt, zieht sich mein Unterleib zusammen und wieder sehnt sich alles an mir nach ihm. Ich lächle und deute zur Dusche. Er nickt. »Deine Kleidung liegt bereits im Bad«, erklärt er.

Und dann, als ich fast dort bin, drehe ich mich zu ihm um. »Du hast gerade geduscht … aber vielleicht, möchtest du …«

»Wie könnte ich da nein sagen«, raunt er und lächelt dann.

Auf dem Weg nach Hause schwebe ich durch den Schnee, als wären es Puderwolken. Die Sonne steht hoch am kitschblauen Himmel. Alles fühlt sich leicht an, bis auf meine Wangen, die ein wenig schmerzen. Ich lache, als ich feststelle, dass ich ein Dauergrinsen im Gesicht trage. Tatsächlich ist es schon fast Mittag und ich hoffe, Bjorn ist heute für mich eingesprungen, wie er es gestern nach meiner Nachricht an ihn versprochen hat. Ich beschließe, ihm zu schreiben.

Und, alles im Griff?

Klar. Wo bist du?

Bin auf dem Weg. Soll ich etwas vom Markt mitbringen?

Nachdem er verneint, beschleunige ich meinen Gang. Die Ersten sind schon am See, um auf ihm Schlittschuh zu laufen. Wie lange habe ich das nicht mehr gemacht? Wie lange hatte ich keinen Spaß mehr? Es wird Zeit, dass sich daran etwas ändert.

Seit Niklas wieder in meinem Leben ist, kommen Gefühle in mir zum Vorschein, die ich vergessen glaubte. Die Lust, Dinge zu tun, die außerhalb des Bed and Breakfast liegen. Einfach den ganzen Tag spontan zu sein, unabhängig vom Alltagsgeschäft, das die letzten zehn Jahre mein Leben gewesen ist. Und warum nicht auch jetzt?

Wie gestern Abend bummle ich über den Weihnachtsmarkt. Lasse mich darauf ein, mich umzusehen, und dabei geht es mir gar nicht um das Fest an sich. Gestern, zusammen mit Niklas, habe ich mich das erste Mal wieder zugehörig gefühlt. Und dabei war ich es selbst, die mich ausgeschlossen hat.

»Hej, Elina, schönen guten Morgen.«

Ich drehe mich um und erblicke Susan.

Nachdem sie mich kurz in den Arm nimmt, sieht sie mich prüfend an. »Du bist nicht im Sundberghus?«

»Bjorn übernimmt, aber ich bin auf dem Weg. Wie geht es dir?«

»Danke, sehr gut. Der Sturm hat nicht allzu viel Schaden angerichtet und ich hatte eine wundervolle Nacht mit deinem Vater.«

In dem Moment, als sie erzählt, beschließe ich, Susan eine Kleinigkeit zu Weihnachten zu besorgen. Immerhin ist sie für uns da und kümmert sich insbesondere um Pappa. »Danke noch mal, dass du in der Nacht geblieben bist. Wir haben uns seither nicht gesehen, also …«

Sie winkt ab. »Das ist nicht nötig. Lennart und ich hatten eine wirklich gute Zeit. Er ist so humorvoll und zuvorkommend.«

Ich runzle die Stirn und frage mich, ob wir vom selben Menschen sprechen. Aber gut, offenbar weiß er sich noch zu benehmen. Ich bin dennoch irritiert. »Das ist gut«, sage ich.

»Ich habe übrigens gehört, dass du nächstes Jahr die Lucia spielst. Gratuliere.«

Verdammt! Das habe ich beinahe vergessen. Lasse, der Mistkerl. Am besten sage ich erst mal nichts dazu, aber ich befürchte, aus der Nummer komme ich nun nicht wieder raus. Vergessen wird er das auf jeden Fall nicht. »Mal sehen. Ob er will, dass ich ihm am Ende den Auftritt ruiniere?«

»Das könntest du nicht. Ich freue mich übrigens, dass es dir besser geht.«

Ich schüttle den Kopf. »Was meinst du damit? Ich war nicht krank.«

Sie atmet tief ein und sieht an mir vorbei. »Nein. Das warst du nicht. Und doch … Irgendwie warst du da und dann warst du es wiederum nicht.«

Ich schlucke. Habe ich wirklich so verloren gewirkt auf die Menschen, mit denen ich aufgewachsen bin? Die mich kennen, seit ich denken kann? »Ich … das tut mir leid«, gebe ich dem Drang nach, mich zu entschuldigen.

Susan lächelt breit und umarmt mich erneut. »Du musst dich nicht entschuldigen. Alles ist gut, ich freue mich einfach, dass es besser wird. Und vielleicht hat Niklas ein wenig Anteil daran?«

Ich möchte verneinen, und doch … »Vielleicht. Ja. Aber nach all der Zeit … es ist nicht einfach, Susan.«

»Was ist schon einfach, wenn es um die Liebe geht? Doch ihr habt den ersten Schritt getan?«

»Also das …« Ich sehe sie grübelnd an. So unverblümt kenne ich Susan gar nicht, mir so eine indiskrete Frage zu stellen. Und woher weiß sie so viel über Niklas und mich? Gut, nach unserem gemeinsamen Abend auf dem Weihnachtsmarkt …

Susan holt mich aus meinen Gedanken. »Der erste Schritt ist die Vergebung, Liebes. Und was wäre dafür geeigneter als Weihnachten? Es wird Zeit, dass du und dein Vater vergebt. Dem Leben, der Vergangenheit. Verstehst du? Deine Mutter war eine wundervolle Frau und du bist ihr so ähnlich. Sie lebt in dir weiter. Dein Vater ist auf dem besten Weg, vielleicht kannst du das auch.«

Ich weiß nicht, was ich dazu sagen soll. Pappa ist auf dem besten Weg? Komisch, dass ich davon nichts mitbekomme. Auch wenn sich etwas in mir wehrt, vielleicht hat Susan recht und ich sollte mich bewusst entscheiden, die Vergangenheit hinter mir zu lassen und auch einen Neuanfang mit Pappa wagen. Die letzten Tage haben etwas mit mir gemacht, ich habe das Gefühl, dieser Möglichkeit Raum geben zu können. Die eisige Wand in mir schmilzt und bringt etwas, jemanden hervor, der aus seiner Höhle kriecht mit der Sehnsucht nach Licht. Wie ein kleines Kind, das zum ersten Mal eine Süßigkeit genascht hat, will alles an mir mehr. Mehr von der Süße des Lebens. Und ja, auch wenn es für mich böse enden könnte, mehr von Niklas.

»… und dann war da ja noch … Elina? Hörst du mir zu?« Irritiert sieht Susan mich an.

»Entschuldige, ich war in Gedanken.«

Sie grinst. »Offenbar etwas Schönes, so wie du lächelst. Auf jeden Fall muss ich jetzt weiter. Bis heute Abend.«

»Heute Abend? Das ist nicht nötig, ich werde zu Hause sein.«

»Eben. Lennart und ich gehen aus. Ich hole ihn um sechs ab.« Erstaunt schaue ich Susan hinterher, die fröhlich durch den Schnee stapft und ihren noch leeren Einkaufskorb schwingt. Da habe ich wohl etwas verpasst.

Ein paar Minuten später stehe ich an Bedelias Stand, in der Hoffnung, das ein oder andere Weihnachtsgeschenk zu finden. Seit ich denken kann, ist sie eine schrullige ältere Dame, die stets denselben Hut trägt und ihren schottischen Akzent einfach nicht verbergen kann. Nicht, dass sie das versuchen würde. Tatsächlich vermischt sich ihr Schottisch mit alten gälischen Worten, die kein Mensch versteht. Ich bin mir nicht mal sicher, ob das wirklich Gälisch ist. Und irgendwie macht sie das sehr liebenswert, nimmt einem die Zurückhaltung und auch ein wenig die Furcht, wenn man ihr in die dunklen, fast schwarzen Augen sieht. Hinter ihrem Rücken wird sie oft als Lillaström-Hexe bezeichnet. Tatsächlich bietet sie neben allerhand Kleinstmöbeln auch seltsame Dinge an. Trotz ihres sehr eigenartigen Wesens, wird sie von allen geschätzt, und auch ich mag sie. Vielleicht gerade, weil sie nicht dem gängigen Klischee entspricht und sie sich keinen Konventionen beugt. Sie trägt ihr von Grau durchzogenes Haar in wallend langer, roter Mähne. Keine Frau Mitte Siebzig würde das in Lillaström tun.

»Elina, *mo gahol,* Liebes. Du bist hier.«

Ich schüttle den Kopf über ihre Feststellung. »Ja, das bin ich. Du auch.«

Jetzt hebt sie den Kopf und sieht mich ernst an. »Hab mich auch nie abhalten lassen, du schon.« Sie zeigt mit dem Finger auf mich und es ist, als ob ich ihn förmlich durch den Mantel auf meiner Brust spüre.

Ich entgegne nichts.

»Aber das ist gut. Lass dir einen Rat von mir geben.«

Ich hebe die Braue, denn mit esoterischem Kram kann ich so gar nichts anfangen, auch wenn gerade zur Weihnachtszeit uralter Glaube und Traditionen umhergeistern, mit denen ich selbst aufgewachsen bin. »Hab ich eine Wahl?«

Sie zuckt die Schultern. »Wir haben immer eine Wahl. Es geht darum, sie zu akzeptieren, wenn sie hinterher die Falsche war. In deinem Fall wird die Vergangenheit dir von Nutzen sein, wenn du es zulässt.«

Ich schüttle leicht den Kopf. »Wie meinst du das?«

»Erkenne die Macht der Wahl.« Sie löst ihren Blick von mir und sortiert ihren Krimskrams und Nippes.

Ich räuspere mich. »Und was ist es nun, was du für mich hast?«

Irritiert sieht sie mich an. »Möchtest du etwas kaufen, Herzchen?«

»Nein. Aber du sagtest …«

Noch immer sieht sie mich verständnislos an. Ich winke ab und suche mir etwas von ihrem Stand aus. Immerhin ist es kurz vor Weihnachten und ich habe noch kein einziges Geschenk. Meine Finger fahren über einen Stein, der trotz der eisigen Temperaturen Wärme ausstrahlt. Ich weiß in diesem Moment, er ist für Lov. Wenn auch nicht genau weshalb, denn wer braucht schon einen Stein? Womöglich könnte Bjorn ihn mit einem Loch durchbohren, damit ich ihn an eine Kette hängen kann.

Gerade als ich mich abwenden möchte, ruft sie mir hinterher: »Ich könnte für den Markt noch Dinge gebrauchen, die ich verkaufen kann. Du malst wundervolle Bilder. Lass mich welche anbieten. Ich beteilige dich daran.«

Ich öffne meinen Mund, um abzulehnen. Aber eigentlich … »Du glaubst, die würde jemand kaufen?«

Sie sieht mich mit gerunzelter Stirn an. »Du etwa nicht?« Bedelia schüttelt den Kopf und löst dann ihren stechenden Blick. »Leg sie mir bereit. Ich hole sie heute Abend im Sundberghus ab.«

Während ich langsam den Markt verlasse und hinter den nächsten Gassen schon bald das Bed and Breakfast zu erkennen sein wird, höre ich immer wieder Bedelias Worte in meinen Gedanken.

Erkenne die Macht der Wahl. Ich weiß nicht, weshalb, aber ich ahne, dass dieser Satz mich eine Weile begleiten wird.

Mein Herz schlägt höher, als ich von Weitem das Bed and Breakfast sehe. Lov steht vor der Tür, hat zwei Einkaufstaschen in der Hand und jongliert zeitgleich mit dem Schlüssel, der dann in den Schnee fällt. Und auch wenn ich ihren Gesichtsausdruck nicht sehen kann, kann ich ihn mir gut vorstellen. Ich schmunzle, denn es ist so schön, sie hier zu haben. Kurz bevor ich den nächsten Schritt mache, entschließe ich mich, Niklas zu schreiben.

Die Nacht war wunderschön. Und stell dir vor, ich war gerade am Weihnachtsmarkt. Schon wieder. Vielleicht wird das doch noch was mit dem Fest und mir.

Dann zögere ich ein wenig.

Sehen wir uns heute Abend?

Es dauert einen Moment, bis eine Antwort von ihm kommt.

Du und Weihnachten. Das ist eine Liebe für die Ewigkeit, sage ich doch. ;-) Heute geht es leider nicht, aber wenn du ja sagst, habe ich eine Überra-

schung für dich. Vielleicht kannst du morgen Nacht jemanden für das Sundberghus organisieren?

Hitze durchflutet mich und ich lese seine Nachricht noch einmal.

Ich sag dir später Bescheid. Müsste irgendwie zu machen sein. Eine Überraschung? Muss ich etwas Besonderes einpacken?

Nein. Ich sorge für alles. Und ja, die Nacht war wunderschön.

Ich schlucke und erneut flattert es in meinem Bauch, als ich mein Handy zurückpacke und hinüber zu Lov gehe. »Kann ich dir helfen?«

»Du kommst genau im richtigen Moment.« Lachend nehme ich ihr den Schlüssel ab und öffne die Tür. »Danke. Ich hatte vor, Lussekatter zu backen, hast du Lust mir zu helfen? Aber wenn du keine Zeit hast … Das ist auch okay. Ich kann …«

»Klar habe ich Lust. Weißt du noch, wie wir das früher mit Mamma gebacken haben? Jedes Jahr in der Woche vor Weihnachten.«

Lov sieht mich überrascht an, als hätte ich ihr erzählt, dass morgen Madonna unser Gast sein wird, grinst dann aber über das ganze Gesicht. »Als wäre es gestern. Ich hab bereits alles eingekauft und zum Glück noch den letzten Safran bekommen. Das werden die besten Lussekatter aller Zeiten.«

10

NIKLAS

»Darf ich die Augenbinde abnehmen?«

Ich grinse, während Linni auf dem Beifahrersitz hin- und herrutscht. So kenne ich sie, so liebe ich sie und das ist die Frau, die ich vermisst habe. Linni ist stark, doch es gibt ein paar Dinge, die sie nicht sehr gut beherrscht. Eines davon ist, geduldig zu warten.

»Nein, noch nicht. Sonst ist es keine Überraschung mehr, oder?«, spanne ich sie auf die Folter. »Da wären wir. Ich helfe dir beim Aussteigen. Wehe du spitzt.« Mein Herz pumpt hart in meiner Brust, als ich die Beifahrertür öffne. Wie kann es sein, dass ich mich so unsicher fühle, fast unbeholfen, wenn sie in meiner Nähe ist? Im Hotel bin ich der Boss und werde als dieser akzeptiert. Sie bringt mich völlig aus der Fassung und ich schlucke hart.

»Wir sind in der Natur. Zumindest höre ich keine Autos. Es ist ganz still.«

Ich lache. »Gut erkannt, Miss Holmes. Komm, ich nehme dir die Augenbinde ab.«

Sie streckt ihre Hände suchend in meine Richtung, und als sie meine Hand erfasst, macht sie einen großen Schritt. Plötzlich ist sie ganz nah. »Gleich«, sagt sie, stellt sich auf ihre Zehenspitzen und findet sofort meine Lippen. Sie macht mich wahnsinnig und all die Sehnsucht in mir will sie am liebsten an mich drücken, um ihr die Kleider vom Leib zu reißen, nur um ihr so nah wie möglich zu sein.

Widerwillig ziehe ich mich zurück. Das muss noch warten. »Du musst dich schon an das Protokoll halten. Zuerst die Überraschung.«

Sie beißt sich neckisch auf die Unterlippe und weiß genau, dass sie mich damit verrückt macht.

Vorsichtig nestle ich am Knoten der Augenbinde, um nicht an ihrem Haar zu reißen. »Willst du dich nicht umdrehen, damit du die Überraschung sehen kannst?«

»Zuerst möchte ich in deine Augen schauen.«

Und wieder ist da der Drang in mir, sie sofort nah an mir zu spüren. Ich küsse sie, ehe ich endlich das Ding von ihrem Kopf hebe. Erneut ist da diese Nervosität in mir und ich atme tief ein, während sie langsam die Augen öffnet.

»Was sagst du?«, frage ich zögernd.

Linni lächelt warm. »Nirgends wäre ich lieber.«

Nun bin ich mir sicher, dass unsere Herzen im selben Takt schlagen, dass auch sie nicht mehr braucht als uns beide am selben Ort.

Mit einem Lächeln auf dem Gesicht dreht sie sich um und eine Welle der Erleichterung flutet mich, als sie voller Erstaunen die Hand vor den Mund hält.

»Dir gefällt es«, sage ich, wahrlich erleichtert. Sie marschiert schon zu unserer Nachtunterkunft und erneut halte ich den Atem an. Ich bin mir nicht sicher, ob Larson alles rechtzeitig geschafft hat. Abwartend lausche ich, ob ich eine Reaktion von Linni ausmachen kann.

Mit weichen Knien betrete ich ebenfalls das Iglu. Sie dreht sich zu mir um. Tränen schimmern in ihren Augen und ich warte auf ein Wort, etwas, das mir den Grund verrät.

»Das ist wunderschön«, durchbricht sie endlich die Stille.

Und obwohl ich alles ganz genau mit Larson besprochen habe, traue ich selbst meinen Augen kaum. Er hat es genauso hinbekommen.

Linni lächelt mich so warm an, dass ich Bedenken habe, unsere Nachtunterkunft könnte wegschmelzen. »Das ist … All die Erinnerungen. Es ist, als wäre es gestern gewesen.«

Ich lache. »Mit dem Unterschied, dass wir heute Nacht allein sind und nicht bei Larson mit einem Nebenjob Geld verdienen.«

Sie sieht mich mit großen Augen an. »Du meinst, du hast alles für uns gemietet? Auch die Sauna?«

»Und den Whirlpool. Gut, das Restaurant können wir nicht nutzen. Aber wir müssen nicht verhungern«, verspreche ich.

»Wie hast du … das alles, das ist …« Plötzlich stoppt sie und umarmt mich. »Ich frage nicht, einfach genießen, nicht wahr?«

Ich lache. »Du lernst schnell.« Erneut treffen sich unsere Lippen zu einem Kuss.

»Nur eines kannst du von mir nicht erwarten«, flüstert sie gegen meinen Mund, während sich unsere Lippen kurz trennen.

»Und das wäre?«

»Geduld und ich werden nie Freunde. Lass uns das, was später kommen soll, vorziehen«, raunt sie, und wie könnte ich ihr nur noch einen Moment widerstehen?

Nicht nur dank des Felles und des Schlafsacks, der Wärme bei bis zu minus vierzig Grad verspricht, ist es angenehm warm in unserem Iglu. Wir blicken an die Eisdecke, in die Tierfiguren wie Eisbären und Schlittenhunde geritzt sind. Die vielen Lichterketten sorgen trotz der kühlen Umgebung für eine warme und kuschelige Atmosphäre. Ein kleiner Weihnachtsbaum und sogar ein Julbock aus Heu zieren unser Iglu. Linnis Kopf liegt auf meiner Schulter, während ich durch ihr helles, nach Lavendel duftendes Haar fahre.

»Das alles sieht aus wie eine Miniatur unseres Weihnachtsmarktes.«

»Mir ging nicht aus dem Kopf, dass du die letzten zehn Jahre Weihnachten nicht gefeiert hast. Ich weiß, bis dahin sind es noch ein paar Tage, aber ich wollte das Fest heute und hier unbedingt mit dir feiern. Stellvertretend für die letzten Jahre sozusagen.« Ich halte die Luft einen Moment in meiner Lunge gefangen.

Linni stützt sich auf ihren Ellbogen und sieht mich intensiv an. »Das ist wundervoll, Niklas. Ich weiß gar nicht, was ich sagen soll. So etwas hat …«

Ich lege den Zeigefinger auf die Lippen. »Seit ich wieder hier sein darf mit dir, frage ich mich, wie ich die letzten zehn Jahre ohne dich sein konnte. Wie konnte es zehn Mal Weihnachten werden, ohne dass wir es gemeinsam verbracht haben?«

Sie schluckt und wischt sich mit dem Handrücken verstohlen eine Träne von der Wange.

Es tut mir im Herzen weh, sie weinen zu sehen. »Es tut mir leid, das Letzte, was ich jetzt möchte, ist, dass du traurig bist.«

Sie schüttelt leicht den Kopf. »Das ist okay. Du weißt, wie schnell ich sentimental werde. Wobei sich das in letzter Zeit häuft. Wahrscheinlich habe ich all die Jahre nicht nur Weihnachten aus meinem Leben verdrängt, sondern auch meine Gefühle.« Sie gräbt ihren Kopf tiefer in meine Schulter.

Ich hebe ihr Kinn an. »Wie war das? Wir können unsere Entscheidungen nicht rückgängig machen, aber uns jeden Tag neu entscheiden? Ich kann meinen Fehler nicht rückgängig machen, aber heute und morgen können wir unser ganz eigenes Weihnachten feiern. Das erste von vielen.«

Sie lächelt. Endlich lächelt sie wieder. »Dir ist aber klar, dass du das Level ganz schön hoch gesetzt hast? Was machen wir denn nächstes Jahr?«

Ich knuffe sie leicht in die Seite und sie lacht. Mit meinen Fingern wische ich ihre Wange trocken.

Sie hebt ihren Kopf, küsst mich und setzt sich auf meinen Bauch. »Bisher waren jeder Tag und jede Nacht mit dir wie Weihnachten. Eine Überraschung jagt die Nächste. Von mir aus kann das so weitergehen.«

Ich ziehe sie zu mir, um ihre zarte Haut auf meiner zu spüren und die Kälte unter dem Schlafsack zu vertreiben. »Da habe ich auch nichts dagegen«, raune ich.

Vor der Sauna blicke ich prüfend zum Himmel auf. Das Wetter bietet die besten Voraussetzungen für Polarlichter. Die Sicht ist klar und der Mond hängt als feine Sichel am Horizont. Die Voraussage für die Nacht war positiv, aber so genau lassen sich die Lichter nicht heraufbeschwören.

Ich ziehe mein Handy aus der Tasche und rufe Larson an, der sofort an sein Telefon geht. Mittlerweile steht Linni mit glühenden Wangen vom Saunieren neben mir, lächelt, legt dann ihren Kopf in den Nacken und saugt tief die eiskalte Luft in ihre Lunge.

»Meinst du, wir können jetzt schon essen, Larson?«

Er bestätigt.

»Danke.«

»Was sagt er?« Linni greift nach meiner Hand und wir spazieren zu unserem Iglu.

»Zehn Minuten, dann ist das Essen da.«

Sie lacht. »Wenn ich an unser erstes Date hier denke, hatten wir es viel einfacher. Irgendwie komisch …«

»Mein Onkel hat es gut mit mir gemeint. Du bist die Frau an meiner Seite, da soll nichts komisch sein.«

»Es hat mir ebenso gut gefallen, als wir uns damals in eines der leeren Iglus geschlichen haben. Es war …«

»Magisch«, vervollständige ich ihren Satz. Sie sieht mich an und lächelt.

Innerhalb kurzer Zeit hat Larson unseren kleinen Tisch passend zu einem wunderbaren Dinner dekoriert. Samt Kerzenständer, natürlich mit künstlichen Kerzen, um das Eis um uns herum nicht zum Schmelzen zu bringen. Linnis Blick wandert über all die Köstlichkeiten: Rote-Beete-Salat, Weihnachtsschinken, über den sie sich vorhin schon gefreut hat, Kartoffeln und Prinzwürstchen.

»Jetzt brauchst du deinen Hunger.«

»Du willst auch was haben?«

Ich lache. »Wenn du mir was übriglässt?«

»Der Fisch gehört ganz dir.«

Und tatsächlich bin ich dann bereits satt, während sie noch immer vor ihrem erneut vollen Teller sitzt. Ihr zuzusehen, wie sie jeden Bissen genießt und sich die nächste Leckerei ansieht, füllt mich mit Wärme. Es hat mich schon immer fasziniert, mit ihr zu essen.

»Du bist so schön«, sage ich, während sie sich Sauce von den Lippen wischt.

Sie sieht mich mit großen Augen an. »Jetzt gerade?« Sie zeigt auf ihren Parka, den sie bekleckert hat, und wir lachen beide. Endlich lehnt sie sich in ihrem Stuhl zurück und streicht sich über den Bauch. »Ich hoffe, der Sex bei unserer Ankunft reicht dir die nächsten zwei Tage. Ich zumindest kann mich keinen Zentimeter mehr bewegen.« Sie stößt leise auf, was mich erneut zum Lachen bringt.

»Weißt du, was ich an dir immer besonders mochte?«

Sie lehnt sich über den Tisch und sieht mich intensiv an. »Meinen Körper?«

Ich lache leise. »Natürlich. Deinen Körper auch. Das meine ich aber gerade nicht.«

»Dann fällt mir nichts mehr ein«, sagt sie mit einem Zwinkern und lehnt sich zurück.

»Da gibt es einiges, aber mit einer Sache hattest du mich von Anfang an.« An ihrem Blick merke ich, dass sie neugierig ist. »Du warst nie das Mädchen, das gern neben seinem Mann wie eine Puppe daherstolziert ist. Ich mag, dass du dir nichts aus diesen ganzen Äußerlichkeiten machst. Deine natürliche Schönheit überstrahlt dennoch alles um dich herum. Du bist von Anfang an meine beste Freundin gewesen. Die erste und letzte Frau, bei der es mich nicht stört, wenn sie neben mir am Badewannenrand sitzt, während ich auf Toilette bin.«

Sie lacht und auch ich stimme mit ein. »Ist das nicht normal?«, will sie wissen und fährt sich verlegen durchs Haar. Und genau das ist es.

»Keine Ahnung, Linni, aber das bist du. Ich hatte immer das Gefühl, das Komplettprogramm zu bekommen, nichts, das du verborgen hältst. Du kennst keine falsche Scham, nimmst dich selbst nicht zu wichtig und kämpfst für die Dinge, die du liebst.«

Sie sieht mich einen Moment an und an ihrem Blick erkenne ich, dass irgendetwas kommt. »Und das wars? Du magst, dass ich dir bei deinem Geschäft auf der Toilette zusehe und rülpse, wenn ich satt bin?«

Ich lache. »Bist du jetzt enttäuscht?«

Sie legt den Kopf schief, hält mir ihr Glas entgegen, woraufhin ich meines hebe. »Keiner kennt mich so wie du.«

Mir wird bewusst, dass die Dinge, die ich an ihr liebe, mir vorbehalten sind. Dass sie sie mir geben kann, weil wir uns so nah sind, wie es sonst keiner war, und ich bete, dass das auch so bleibt. »Wenn du das willst, dann will ich auch in Zukunft dieser Mann für dich sein.«

Sie senkt ihren Blick und sofort ist da dieses Gefühl wie von einem Dolch, der sich in meine Brust bohrt. Schicht für Schicht, das spüre ich, stapeln sich Massen eisiger Abwehr um sie. »Wollten wir nicht den Moment genießen? Hast du das im IKEA nicht selbst gesagt?«

Ich schüttle leicht den Kopf. »Darüber sind wir längst hinaus, Linni.«

Sie holt tief Luft. Ein Atemzug, der sich alle Romantik einverleibt. »Ich bin hier, wir haben diese wundervolle Zeit miteinander …« Sie steht auf und, verdammt, ihre Worte klingen alles andere als gut und jeder Schritt, den sie nervös durch das Iglu geht, unterstreicht ihre Worte. »Ich will … Nein.« Sie bleibt stehen und sieht mir direkt in die Augen. »Ich kann das nicht so schnell. Wir haben bisher zwei Tage miteinander verbracht, aber das reicht nicht, um dir ein für immer zu versprechen. Verstehst du das?«

Ich höre ihre Worte und ja, ich verstehe sie, aber es gefällt mir nicht. »Nein. Denn es widerspricht allen Gefühlen zwischen uns. Du und ich, das ist Realität, egal, was du versprichst oder nicht. Wir malen unsere Zukunft bereits, Linni.«

»Zukunft, Zukunft.« Sie seufzt, sieht mich versöhnlich an und setzt sich dann wieder. »Ich weiß im Moment nicht einmal, was der nächste Tag bringen wird. Heute, jetzt, das ist mir für den Augenblick genug.«

Linni reicht mir über die Platte des Eistisches ihre Hand und verwebt ihre Finger mit meinen. Wie sehr möchte ich ihr zustimmen, nur um diesen Abend mit ihr zu genießen. Doch alles in mir sträubt sich gegen die Lüge, die das kosten würde.

»Aber ich weiß, dass es auch morgen nur dich für mich gibt, und du machst dir etwas vor, wenn du etwas anderes behauptest.«

»Selbst wenn das so ist. Es gibt Verantwortung, die ich zu tragen habe. Menschen, die mich brauchen. So wie du dir das vorstellst, funktioniert das einfach nicht. Du kommst hierher, bringst mein Leben durcheinander. Wir fliegen eine Weile auf Wolke sieben und dann … Was ist, wenn diese Wolke sich in Luft auflöst?«

»Das wird sie nicht.«

Sie sieht mich traurig an. »So wie du es schon einmal versprochen hast?«

»Warum fängst du immer wieder damit an? Was soll ich tun, damit du mir endlich glaubst, dass das nicht mehr passieren wird?«

Sie zuckt die Schultern. »Das weiß ich nicht. Und wahrscheinlich kannst du gar nichts tun. Ich kann dir nicht versprechen, dass ich meine Gefühle in der Sache irgendwann unter Kontrolle habe. Und wahrscheinlich … vielleicht ist es zu viel verlangt. Aber ich möchte Zeit mit dir verbringen, die ich von ganzem Herzen genieße. Doch bitte … es wird kein Versprechen darüber hinaus geben.«

Ich lege den Kopf in den Nacken. »Und was ist das zwischen uns? Freundschaft mit Vorzügen?«

Sie fährt sich durchs Haar und ich hasse es, das Gefühl zu haben, die Kontrolle zu verlieren. »Muss es eine Definition geben? Im Moment fühlt es sich genau so gut an. Alles andere wird sich zeigen.«

Ich seufze. »Machst du es dir da nicht ein wenig zu einfach?«

»Das kann sein. Im Moment habe ich keine Kraft für eine Beziehung, die eine weitere Verantwortung bedeutet. Und das ist, was man hat, wenn man eine Beziehung führt, oder? Verantwortung.«

Ich denke über ihre Worte nach. Sicher, eine Beziehung zu führen bedeutet, Verantwortung für einen Menschen zu übernehmen. Und ich verstehe ihre Bedenken. Ich weiß, was sie momentan um die Ohren hat. Und mir ist bewusst, dass sie Zeit braucht, mir zu vertrauen. Dennoch … »Um ehrlich zu sein, habe ich mir weit mehr erhofft. Mehr als dein Zeitvertreib zu sein, der dir hin und wieder leidenschaftliche Nächte schenkt.«

»Dieses Mehr, von dem du sprichst, ist mir im Moment zu viel.« In ihren Augen kann ich lesen, dass sie es genauso meint. »Du und ich, das ist schön. Aber ich werde die Sache nicht zum Mittelpunkt meines

Lebens machen. Meine Prioritäten haben sich verlagert und daran kann und wird sich momentan nichts ändern.«

»Wegen des Bed und Breakfasts? Ich kann dir helfen. Geld spielt in meinem Leben keine große Rolle. Ich gebe euch …«

Sie hebt die Hand und alles an ihr fordert mich zum Schweigen auf.

»Ich brauche keine Almosen, Niklas. Und ich werde nicht zulassen, dass du uns auch nur eine Krone schenkst. Das mit Bjorn ist und bleibt eine Ausnahme. Du bezahlst seine Leistung und er ist das Geld wert.«

Ich schüttle geschlagen den Kopf. »In Ordnung. Lieber verbringe ich so die Zeit mit dir, als dich gar nicht bei mir zu haben.«

Sie lächelt mich an. »Das bedeutet mir viel.«

Kann ich das? Ich bin mir nicht sicher. Aber ich muss es versuchen. *Reiß dich zusammen.* »Schau mal«, lenke ich ab, gehe hinüber zur Tasche, die Larson mitgebracht hat.

»Was ist das?«, will sie wissen.

»Die dürfen an Weihnachten nicht fehlen.«

»Milchreis für die Kobolde *Tomtebisse*, *Tomte* und *Nisse*? Aber das Singen und Tanzen um den Baum sparen wir uns, oder?«

Ich lache und bin erleichtert, dass die Stimmung nicht gekippt ist, auch wenn ich von unserer Vereinbarung nicht begeistert bin. »Wir gestalten unser Weihnachten, wie wir wollen, also nein, wir tanzen nicht. Wollen wir die Schüsseln vor die Tür stellen?«

Wir gehen hinaus und Linni seufzt. »Diese Nacht werde ich niemals vergessen. Hätte ich das gewusst, hätte ich ein Geschenk für dich besorgt.«

»Mit dir hier zu sein, ist Geschenk genug.« Ich nehme sie in den Arm und gemeinsam stehen wir vor unserem Iglu und blicken zum Himmel auf.

»Schau mal, siehst du den Lichtschweif da hinten oder bilde ich mir das ein?«

Ich folge ihrem Blick und tatsächlich entdecke ich den Schweif, den Vorboten für Polarlichter. »Perfekt, das wird eine unvergessliche Nacht.«

»Ist sie schon.«

Ich seufze. »Kalifornien hat seine Vorzüge, aber es gibt so vieles, das ich vermisst habe. Wie oft habe ich in den Himmel gesehen und mir die bunten Schweife vorgestellt, wenn ich die Augen geschlossen habe. Wenn ich sie wieder öffnete, war da nichts als ein versmogter Himmel.« Ich atme die kühle, frische Luft tief in meine Lunge ein.

»Ohne dich waren die Polarlichter nicht mehr als Schimmer in der Nacht.« Sie seufzt, bevor sie fortfährt. »Dann bist du dir sicher, dass du hier alt werden willst?«

Ich schlucke bei ihrer Frage. Und noch bevor ich antworten kann, quietscht sie auf.

»Hast du das gesehen? Eine Sternschuppe! Wünsch dir was!«

Und das tue ich.

11

ELINA

Hier in den warmen Schlafsäcken in den Liegestühlen zu ruhen und den Himmel zu beobachten, hat etwas Meditatives. Ich kann immer noch nicht glauben, dass er all das für mich, für uns aufgezogen hat. Diese Nacht, die so voller Zauber ist, hat mich direkt zurückkatapultiert in eine Zeit, in der wir so viel jünger waren.

Und doch ist es nicht die Zeit, die uns verändert hat. Wir haben uns weiterentwickelt und das fühlt sich gut an. Wir sind dieselben Menschen wie damals, und doch ist etwas anders. Etwas, das ich nicht beschreiben kann.

Ich greife nach Niklas' Hand, der mich daraufhin warm anlächelt. Es hat ihn verletzt zu hören, dass ich mich nicht binden möchte, und ich weiß selbst nicht, wann ich das entschieden habe. Ich wusste, es war die richtige Wahl, als ich es ausgesprochen habe. Tief in mir drin ist diese Angst, etwas aufgeben zu müssen und am Ende erneut enttäuscht zu werden, wenn ich mich ganz für ihn entscheide.

Das hier mit Niklas fühlt sich an wie ein Stück Freiheit. Womöglich ist das egoistisch, aber auf keinen Fall möchte ich diese Freiheit aufgeben, indem Verbindlichkeit zwischen uns steht. Mit uns ist es schon verwirrend, aber ich will es nicht verschärfen. Ich fühle mich mehr als hingezogen zu ihm und alles, was er sagt, hört sich wie Musik und Himmelsreigen an.

Und doch ... Meine Familie und das Bed and Breakfast brauchen mich bei vollem Verstand, wenn ich unser Unternehmen retten möchte, so unmöglich dies auch scheint.

Er wird es verstehen und wenn stimmt, was er sagt, könnte diese Phase unserer Beziehung nur der Anfang von mehr sein. Etwas, das aber heute und hier nicht auf dem Papier steht.

Mit diesem Gedanken verwandelt sich der Himmel wie von Zauberhand und auch wenn ich die Lichter schon so viele Male gesehen habe, ist es doch mit ihm wie beim ersten Mal. Mein Herz poltert in meiner Brust.

»Komm zu mir«, raunt Niklas und ich schlüpfe aus meinem Schlafsack, um es mir neben ihm auf der Liege bequem zu machen.

»Das ist wunderschön«, staune ich.

»Ja, das ist es.«

Ein Schauspiel aus pulsierendem, leuchtendem Neongrün schlängelt sich strahlend über den Himmel und wir sind seine Zeugen inmitten unseres eigenen Märchens. Ich schmiege mich näher an Niklas, der meinen Schlafsack über uns legt. Fasziniert beobachten wir das Spektakel, das sich langsam immer wieder verformt und verfärbt.

»Das ist so unbeschreiblich schön«, flüstere ich.

Niklas antwortet mit einem Kuss auf meinen Scheitel.

Ich frage mich, ist es das, was Weihnachten ausmacht? Das Gefühl in mir, das in diesem Moment meinen Körper von Kopf bis Fuß flutet? Der Himmel als Symbol für unsere Welt, die an jeder Ecke Zauber bereithält. In jedem Moment ein Wunder.

»Warum lächelst du?« Niklas entgeht nichts, nicht einmal in der Dunkelheit.

»Ich frage mich, ob das der Weihnachtszauber ist. Momente wie dieser?«

Er sieht an mir vorbei gen Himmel. »Für mich ist es das, ja. Aber ich glaube, dass das für jeden etwas anderes bedeuten kann. Weißt du, solange der Himmel grün zu leuchten vermag, ist alles möglich, nicht wahr?«

Ich nicke. »Ja. Solange der Himmel sich grün färben kann, ist alles möglich. Und vielleicht geschehen die wahren Wunder, wenn zwei oder mehr Menschen im selben Moment dasselbe fühlen.«

»Das ist ein schöner Gedanke.«

»Hast du mich ins Bett getragen?«, frage ich und blicke zu Niklas hinüber, der am Tisch sitzt.

»Du bist auf meiner Brust eingeschlafen und warst nicht mehr zu wecken.«

»Das tut mir leid. Ich habe uns den Abend verdorben.«

Er schüttelt den Kopf. »Nein. Das hast du nicht, es war wundervoll. Danke.«

Ich lache. »Da habe doch wohl ich zu danken, oder nicht?«

»Wenn du wüsstest. Aber eines fehlt noch«, sagt er und sieht mich verschwörerisch an.

Ich folge ihm mit meinem Blick und ahne, worum es geht, als er das Iglu verlässt. Eine kurze Zeit später ist er wieder da und irgendwie ist mir die Situation unangenehm. »Das muss nicht sein, Niklas. Du weißt, ich habe kein Geschenk für dich«, sage ich, als ich die kleine Schachtel und den Umschlag in seiner Hand sehe.

»Da ich es schon besorgt habe, kannst du es ruhig annehmen. Oder was soll ich deiner Meinung nach sonst damit machen? Sieh es dir einfach mal an«, sagt er und reicht mir das Geschenk.

Ich setze mich auf, reibe meine kalten Hände aneinander und öffne zuerst den Umschlag. Langsam falte ich den Brief auseinander.

Linni,
unser erstes Weihnachten nähert sich dem Ende. Aber was wäre Weihnachten ohne ein Geschenk. Und du hast Glück, hätten wir die Polarlichter diese Nacht nicht gesehen, wäre dieses Geschenk nicht das, was es jetzt sein kann. Danke für die wundervolle Zeit, die wir bisher verbracht haben. Du weißt, ich wünsche mir mehr davon und viele weitere Weihnachtsfeste mit dir. Und jetzt mach schon auf! :-)

»Bis heute Morgen wusste ich nicht, was ich schreiben soll«, erklärt er, als ich aufblicke.

Mir ist so warm, als wäre ich nicht in einem Iglu. Jedes seiner Worte rührt mich. So sehr, dass ich nichts zu entgegnen weiß. Also schlucke ich und lege den Brief auf die Seite, um das kleine Päckchen zu öffnen.

»Das kann ich unmöglich annehmen, Niklas«, flüstere ich, als der Inhalt mir entgegenfunkelt.

Er kommt herüber und setzt sich zu mir auf das Bett. »Du kannst und du wirst. Das Armband gehört dir, egal, was aus uns wird.« Er nimmt es mir aus der Hand. Das Schmuckstück besteht aus zwei zarten, goldenen Bändern, wobei kleine grüne Steine eines davon zieren. Niklas legt es um mein Handgelenk und verschließt es dann. »Zehn Steine, für jedes Weihnachtsfest, das wir ohneeinander verbracht haben. Ich finde, die Farbe passt zu deinem Teint, und dass wir die grünen Polarlichter gesehen haben, macht das Geschenk perfekt. So perfekt, wie du es bist.«

Ich schlucke und sofort klingen seine Worte der letzten Nacht in meinen Gedanken wider: *Solange der Himmel sich grün zu färben vermag, ist alles möglich.*

Wir sehen uns an, und plötzlich ist da wieder diese Sehnsucht, von ihm geküsst, von ihm berührt zu werden.

Mein Herz schlägt wild in meiner Brust, hämmert fest gegen meine Rippen. Wir sind uns so nah, dass sich unsere Nasenspitzen berühren. Meine Lippen prickeln und suchen seine. Ganz langsam schließe ich die Augen, will in diesem zärtlichen Moment verweilen. Meine Finger wandern über seine starken Arme, streicheln zärtlich seine kalten Hände.

Und dann finden sich endlich unsere Lippen, erst zaghaft und vorsichtig, dann immer fordernder. Als ich seine Zunge spüre, explodiert mein Herz und zerspringt in winzige Stücke. Ich schlinge die Arme um seinen Nacken und die Beine um seine Hüfte. Wir küssen uns weiter voller Leidenschaft, die so heiß lodert wie Kaminfeuer in einer kalten Nacht.

Eine ganze Weile verharren wir in dieser Zärtlichkeit, bis er mich auf den Rücken auf unser Lager legt. Langsam zieht er mich aus, bis ich vollkommen nackt vor ihm liege. Er schiebt sich auf mich und schickt brennende Küsse meinen Hals entlang. Seine Hände malen zarte Muster auf meine Haut, Schneeflocken tanzen in meinem Bauch, und ich seufze tief, als seine Lippen weiter zu meinen Brüsten wandern. Zärtlich umkreist seine Zunge meine Brustwarzen, und ein heftiges Ziehen macht sich in meinem Unterleib breit.

Seine Hände sind jetzt überall, streicheln sanft über meine Haut. Alles in mir sehnt sich nach ihm. Ich will ihn, ich will ihn ganz, also schiebe seinen Pullover hinauf, während er sich die Hose mit einer Hand hinunterschiebt. Er zieht den warmen Schlafsack noch ein wenig enger um unsere Körper, die sich nun endlich berühren können.

Ganz leicht hebe ich die Hüfte an und seine Zunge gleitet über meinen Hals, während er sich zwischen meine Beine schiebt. Die Hitze zwischen uns lässt die Luft unter dem Schlafsack brennen.

Ich drücke ihm mein Becken entgegen, schmecke seinen Kuss, und dann spüre ich ihn endlich in mir. Erst ganz vorsichtig, dann immer stärker, bis wir komplett miteinander verschmolzen sind.

Seine Finger verweben sich mit meinen, wir bewegen uns in einem gemeinsamen Rhythmus und ich fühle seine ganze Kraft und Liebe.

Ich schmiege mein Gesicht an seines, ziehe ihn noch näher zu mir heran und verliere mich.

Während Niklas noch einmal in die Sauna möchte, sitze ich vor dem Iglu in der Sonne. Wie so oft in den letzten zehn Minuten fahre ich mit meinen Fingern über das Band an meinem Handgelenk.

Mit einem Lächeln auf dem Gesicht stehe ich auf und gehe hinein, um ein wenig aufzuräumen. Vielleicht hat Niklas recht. Womöglich sollten wir es riskieren. Es fühlt sich richtig an, mit ihm zusammen zu sein. Jeder Moment gibt mir so viel Glück, Glück, das ich all die Jahre vermisst habe.

Der Signalton seines Handys holt mich aus meinen Gedanken. Irritiert sehe ich mir sein Hintergrundbild an. Darauf sind eine Frau und ein kleiner Junge zu sehen, in der Mitte sitzt er, die beiden nah an ihn geschmiegt. Ich lese den Namen Sam und den Anfang der Nachricht:

Kleiner Tipp von einer Frau:
Du solltest ihr von deinen Plänen, was uns betrifft, erzählen.

Mehr kann ich nicht lesen, ohne die Nachricht zu öffnen. Ich starre das Handy so lange an, bis der Text und das Bild verschwinden.

Wer ist Sam, wer sind die Menschen auf dem Bild und vor allem, welche Pläne hat er mit dieser Frau? Sofort wirbeln tausend Theorien durch meine Gedanken. Ist diese Frau der Grund, weshalb er seine Vergangenheit verschlossen hält? Misstrauen keimt in mir auf. Sie schreibt von Plänen.

Du übertreibst, spreche ich mir gut zu. Aber doch … Er erzählt von Ehrlichkeit und Wahrheit, und ganz offensichtlich verschweigt er mir Pläne, die er mit einer anderen Frau hat. Und das Kind auf dem Sperrbildschirm? So innig wie Niklas mit den beiden wirkt … Ist der Junge am Ende …? Ich verdränge den Gedanken. Niklas hätte mir sicher erzählt, wenn er Vater wäre.

Auf der anderen Seite, was weiß ich schon über ihn? Er ist längst nicht mehr derselbe Mann wie vor zehn Jahren. Mir wird schlecht bei dem Gedanken.

Ich gehe im Iglu auf und ab, doch auf einmal habe ich das Gefühl, in seiner Enge zu ersticken, also trete ich hinaus. Die Morgensonne, die der helle Schnee reflektiert, blendet mich. Ich ziehe meine Sonnenbrille aus der Tasche und höre Niklas durch den Schnee stapfen.

Er lächelt mich an, als er auf mich zukommt. Ich lese in seinem Gesicht, versuche herauszufinden, ob es irgendetwas gibt, das ich bisher nicht erkannt habe. Neben seinem etwas anderen Erscheinungsbild, wenn er im Hotel arbeitet, kann ich nichts ausmachen.

Was habe ich verpasst? Mein Gefühl sagt mir, dass da ganz sicher etwas sein muss.

Frag ihn doch einfach, bevor du dich verrückt machst. Doch irgendetwas hält mich ab.

12

NIKLAS

In wenigen Minuten sind wir am Sundberghus und die ganze Fahrt zurück antwortet Linni einsilbig auf jedes Gespräch, das ich beginne. Zu gern möchte ich wissen, worüber sie nachdenkt. »Alles in Ordnung?«

Einen Moment blickt sie auf, nur um dann doch wieder schweigsam aus dem Fenster zu sehen.

»Linni?« Ich greife nach ihrer Hand, die sie zurückzieht, als hätte sie eine heiße Herdplatte berührt. »Was ist los? Wenn es um unser Gespräch von gestern geht ...« Ich seufze und halte vor dem Sundberghus, an dem wir mittlerweile angekommen sind. »Komm schon! Sprich mit mir, ich merke doch, dass irgendetwas nicht stimmt«, versuche ich es erneut.

»Wer ist Sam?«, fragt sie geradeheraus.

»Was? Sam? Woher weißt du von ihr?« Was habe ich nur verpasst?

»Dann liege ich mit meiner Vermutung also richtig, dass da mehr zwischen euch ist. Sonst würdest du wohl kaum so reagieren, wie du es tust.«

»Wovon sprichst du bitte?« Erneut starrt sie aus dem Fenster und ignoriert mich. »Verdammt, Linni. Kannst du dich bitte erwachsen verhalten! Woher weißt du von Sam und wie kommst du darauf, dass etwas zwischen mir und ihr läuft?«

»Dein Handy hat ein Nachrichtensignal von sich gegeben, als du …«

»Du hast in meinem Telefon geschnüffelt?«

»Du machst mir Vorwürfe? Du bist derjenige, der nicht über die Vergangenheit sprechen möchte. Von wegen *lass uns im Moment leben.* Jetzt weiß ich zumindest warum«, fährt sie mich an.

Ich begreife immer noch nicht, was hier gerade passiert. Doch so kann ich es nicht stehenlassen. »Es ist nicht so kompliziert, wie es im Moment wirkt. Sam und ich sind sehr eng miteinander befreundet. Sie und Henry sind in den letzten Jahren ein wichtiger Teil meines Lebens geworden«, erkläre ich, zugegeben etwas unbeholfen, während sie weiter das Sundberghus anstarrt. »Sam ist … Wir waren …«

»Sie ist deine Ex und der Junge auf deinem Sperrbildschirm ist dein Sohn.«

Ich lache laut auf, woraufhin ich einen wütenden Blick ernte.

»Es tut mir leid, dass ich in dein Handy gesehen habe. Das alles … Es geht mich nichts an. Wir sind nicht zusammen. Du kannst tun, was du willst, und bist mir keine Rechenschaft schuldig.«

Sie sagt das so kalt, dass etwas tief in mir erfriert. Eine Stelle in meinem Innersten, die sie vor kurzem erst wieder zum Schmelzen gebracht hatte. »Ist das so?«, frage ich leise.

»Das ist so. Und jetzt entschuldige. Ich muss noch die Abrechnung vorbereiten.«

»Lass mich dir erklären …« Ich habe den Satz noch nicht beendet, da ist sie schon aus dem Auto gestiegen und stürmt in Richtung Haus.

Was zur … »Linni. Warte doch!«, rufe ich und will ihr folgen, doch sie beschleunigt ihren Schritt, ohne zurückzublicken. Das darf doch nicht wahr sein. Ist das gerade wirklich passiert? Glaubt sie allen Ernstes, Henry ist mein Sohn und ich erzähle ihr nichts darüber? Wie kann sie nur glauben, dass ich so etwas tun würde?

Kopfschüttelnd steige ich in mein Auto und mir wird schmerzhaft bewusst, wie wenig Vertrauen sie in mich hat.

»Verdammt, verdammt, verdammt!« Mit der flachen Hand schlage ich gegen das Lenkrad und öffne das Fenster, um frische Luft hereinzulassen, die hoffentlich meine Gedanken sortiert.

Warum hab ich nur so dämlich reagiert? Aber wie hätte ich ihr so schnell erklären können, wie viel mir Sam und Henry bedeuten? Sam hat recht, ich hätte das viel früher erwähnen müssen.

Erneut schlage ich auf das Lenkrad ein.

Am Abend sitze ich neben Bjorn in der Bar.

»Danke, Kumpel, dass du mir zuhörst.« Mit einem Schluck trinke ich den Rest meines Biers aus, stehe auf und greife nach meinen Darts, die vom Spiel vor ein paar Stunden noch vor mir liegen.

Bjorn nimmt mir die Darts ab und führt mich auf halbem Weg zurück zu meinem Barhocker. »Besser, wenn du heute nicht mehr mit den spitzen Dingern in der Gegend herumwirfst.«

Mein Kopf ist bleischwer, während ich mich nickend seinen Anweisungen ergebe und mich setze. »Weißt du, was das Schlimmste ist? Es ist ihr egal. Ich bin ihr egal. Sie hat sich so verändert. So war sie früher nicht.«

»Du wiederholst dich, Mann. Aber dann sage ich dir eben auch noch einmal dasselbe, was ich dir vorhin schon gesagt habe. Ja, sie hat sich verändert und nicht in allen Dingen zum Positiven. Trotz allem hat sie ihr Leben im Griff und arbeitet so hart wie noch nie, um das Familienunternehmen zu retten. Keine Ahnung, was das ist zwischen euch. Trotzdem, irgendetwas hat es auch mit ihr gemacht.«

Ich hebe meinen Kopf, auch wenn der wie eine Bowlingkugel an meinem Hals hängt. Denn das, was er gesagt hat, hat sich in mein Gehirn gefressen.

»Sie lacht wieder, summt sogar die doofen Weihnachtslieder aus dem Radio mit und sie backt jeden

Morgen verdammte Berge an Pancakes, die jeder, ob er sie haben will oder nicht, in sich reinstopfen muss.«

Das Lächeln in meinem Gesicht fühlt sich schief an. »Und was ist mit mir?«

»Sie hat nicht von dir gesprochen, du weißt, das wäre nicht ihre Art. Wenn du wissen möchtest, was sie denkt, wirst du es nur von ihr erfahren. Schreib ihr, ruf sie an. Triff dich mit ihr … klär die Dinge, die es zu klären gibt.«

Ich schaue in mein Glas, das längst leer vor mir steht. Für heute weiß ich, ist es genug. Ich konzentriere mich erneut, um aufzustehen. »Danke, du bist ihr Bruder und hast mir trotzdem zugehört. Du bist ein echter Kumpel.«

»Ist nicht so, als wäre das was Neues. Und wirst du mit ihr sprechen?«

»Sie ist glücklich. Glücklich ohne mich.«

Bjorn schüttelt den Kopf. »Egal, worum es geht, was du ihr sagen musst oder auch nicht. Tu es, klärt die Dinge. Ihr habt euch nach all den Jahren wieder zusammengerauft. Wäre schade, wenn ihr das alles erneut in den Sand setzt.«

»Selbst wenn. Sie ist stärker denn je«, stelle ich in einer Mischung aus Stolz und Traurigkeit fest.

Bevor ich die Bar verlasse, schreibe ich dennoch Linni:

Lass mich wissen, wann du sprechen möchtest. Ich möchte dir gern mehr zu Sam und Henry erzählen. Ich ertrage es nicht, nichts von dir zu hören. Also wenn du sprechen willst, dann melde dich bei mir.

13
ELINA

Ich, ich, ich. Noch immer schwirren mir die Worte seiner gestrigen Nachricht in den Gedanken umher. Gibt es einen Moment, in dem Niklas nicht nur an sich denkt? Wütend stecke ich das Handy in meine Tasche.

»War er das?« Lovisa setzt sich an den Küchentisch, während ich das Geschirr aus der Spülmaschine räume.

»Musst du nicht los?«, will ich wissen.

»Für dich nehme ich mir die Zeit, das weißt du doch. Es geht um Niklas, nicht wahr?«

Ich nicke müde, etwas anderes zu behaupten, ergibt keinen Sinn und führt ohnehin zu nichts. »Er möchte mit mir sprechen, damit es ihm besser geht. Ich kann es einfach nicht mehr hören. Ständig geht es um ihn, um seine Belange. Aber darauf habe ich keine Lust mehr. Er hat mit mir Schluss gemacht. Hat unseren Traum von Amerika allein gelebt. Was verdammt will er von mir? Absolution?«

Lov reibt sich über die Lippen, die sie gerade mit einem kirschroten Pflegestift bemalt hat. »Linni … Sorry, Elina. Du hast entschieden, ihm zu verzeihen, vor zehn Jahren gegangen zu sein. Egal, was jetzt ist, es ist nicht fair, ständig mit diesem Punkt eurer Vergangenheit anzufangen.«

»Aber gehört das nicht alles zusammen?« Ich seufze. »Mag sein, dass du damit recht hast. Doch mir zu verheimlichen, dass er nicht nur ein paar lockere Beziehungen da drüben hatte, sondern sogar eine Familie … Das ist …«

»Entschuldige, aber sagtest du nicht, dass das Kind nicht von ihm ist? Außerdem, warst du es nicht, die eine lockere Beziehung wollte?«

»Erstens: Auf welcher Seite stehst du hier? Zweitens: Mag sein, dass der Junge nicht von ihm ist. Aber was er für diese Frau empfindet oder empfunden hat? Wer weiß das schon. Findest du es etwa normal, dass ein Familienbild von den dreien seinen Sperrbildschirm ziert?«

»Ein wenig seltsam ist das schon. Auf der anderen Seite kennst du ihn. Hinter seiner rauen Fassade steckt ein Softie.«

»Nur weil es Frauen gibt wie dich, die ihm das abkaufen. Mir kommt das alles sehr berechnend vor. Zuerst organisiert er das Superdate des Jahrhunderts – wenn ich darüber nachdenke, habe ich das Gefühl, er hat das gemacht, um mich rumzukriegen –, um dann später auf das Kleingedruckte zu verweisen. Wie eine Familie auf der anderen Seite des Atlantiks.«

»Hat er gesagt, dass es seine Familie ist?«

Ich seufze und sortiere das Geschirr in die Vorrichtung der Maschine, schließe sie und stelle sie dann an. »Was weiß denn ich!« Der Gedanke regt mich auf. Und ich glaube, es gibt nichts, was Lov sagen könnte, das das Gegenteil beweist.

»Wie auch immer, ganz koscher klingt das tatsächlich nicht. Aber es nimmt dich mit, deshalb glaube ich, du solltest ihm die Gelegenheit geben, sich zu erklären. Er hat dir gutgetan. Du hast dich verändert, Elina. Offensichtlich hat ihn etwas daran gehindert, dir davon zu erzählen.«

»Aufrichtigkeit? Vielleicht hat Pappa schon immer recht gehabt. Vielleicht ist Niklas ein egoistischer Mann, der nur seinen Vorteil im Sinn hat.«

Lov winkt ab. »Vergiss es. Pappa war da schon immer ein wenig seltsam, hat sich fast eifersüchtig verhalten, als er von Niklas erfahren hat, und als ihr dann erzählt habt, dass ihr weg wollt … Das war ihm von Anfang an ein Dorn im Auge. Da darfst du dir nicht zu viele Gedanken machen.«

Ich lasse mich auf den Stuhl Lovisa gegenüber sinken. »Ist er es wert, dass er mir am Ende erneut das Herz bricht?«

Sie sieht mich voller Mitgefühl an. »Das wird er nicht, weißt du, warum ich mir da so sicher bin? Es sieht im Moment nicht danach aus, dass ihr einander wiederfindet. Und trotzdem bist du so ausgelassen wie lange nicht mehr. Gut, bis auf jetzt.« Sie deutet auf die Plastiktischdecke, die ich mit der Spitze meines Fingernagels bearbeite. Ich fahre mit der flachen Hand über die Stelle, als könnte ich das kleine Loch, das dadurch entstanden ist, wegwischen.

»Danke, Schwesterherz. Ich hoffe von Herzen, dass du diesmal bleiben wirst. Was wäre ich ohne dich?«

»Genau die starke Frau, die du jetzt auch bist. Die du immer warst, denn du wirst alles meistern.«

Am übernächsten Morgen warte ich wie immer vor der Tür, um Vera zu begrüßen, die uns morgens frische Brötchen für das Bed and Breakfast liefert. Ich winke, als das Lieferauto in Sichtweite ist. Kaum ist es näher, erstarre ich in meiner Bewegung. Das kann doch nicht sein. Aber doch, ich habe es richtig erkannt. Niklas steigt aus dem Wagen.

»Was machst du hier?«

»Ich bringe dir die Brötchen.«

Ich schüttle den Kopf. »Das sehe ich, aber warum? Ich meine ... ist irgendetwas mit dem Hotel? Ist es abgebrannt und du hast einen neuen Job?«

»Ich wollte dich sehen. Du gehst mir aus dem Weg, du reagierst nicht auf meine Nachrichten. Ich muss mit dir sprechen.«

Schon wieder: Ich, ich, ich. »Du musst mit mir sprechen. Habe ich da auch irgendetwas zu sagen? Vielleicht möchte ich nicht mit dir sprechen.« Ich zerre ihm die Tüte mit unserer Bestellung aus der Hand und stapfe durch den Schnee zurück ins Haus.

»Linni, was ist nur in dich gefahren? Wirklich. Bitte, nimm dir die Zeit.« Niklas folgt mir in den Frühstücksraum und sieht abwartend zu, wie ich das Gebäck in die entsprechenden Körbe fülle.

»Sieht nicht so aus, als ließest du mir eine Wahl. Gut. Zwanzig Minuten. Draußen.«

Er nickt und reicht mir meinen Mantel. Ich seufze und folge ihm hinaus, auch wenn ich nicht ernsthaft glaube, dass etwas von dem, was er sagen möchte, irgendetwas ändern wird.

»Sam und ich waren nie ein Paar. Die erste Zeit am College war hart für mich. Ich kam aus einer komplett anderen Kultur und die Amerikaner sind ein offenes Volk, dennoch war es, als käme ich nicht an. Bis ich Sam traf.« Gedankenverloren sieht Niklas in die Ferne und ich frage mich, wie schnell Neuschnee bräuchte, Erbrochenes zu bedecken, mit dem ich gleich die weiße Schneedecke überladen werde.

Es macht mich wütend, dass ich jahrelang ohne ihn gelitten habe wie ein dummes Huhn, während er sich amüsiert hat. Aber nein, stimmt. Er hatte eine schlimme Eingewöhnungszeit. Ich schlucke meine

Gedanken hinunter und lasse ihm die Zeit zu sprechen.

»Ich hatte diesen Job in einer Autowaschanlage in der Nähe des Campus'. Eines Tages hat sie mich dort angetroffen und wir haben uns sofort verstanden.«

Ich atme tief durch. Warum nur muss er mich so quälen und warum tut das so verdammt weh? Mehr als ich für möglich gehalten habe. Schnell blicke ich zur Seite, als ich sein Grinsen sehe. Ich kann ihm nicht auch noch dabei zusehen, wie er in der Erinnerung an diese Sam schwelgt. Also fixiere ich die Bäume in der Ferne, während er endlich fortfährt.

»Von da an hat sie mich jeden Tag besucht. Sam war wild, aber sie hat immer gesagt, ich wäre die Ruhe, die sie vom hektischen Alltag runterbringen würde. Ich wäre ihr Yang.«

Ihr Yang? Hat er das gerade wirklich gesagt? Ich balle meine Hände in meiner Jacke zu Fäusten.

»Und auch wenn es jetzt so klingen mag, als wäre die einzig normale Folgerung eine Beziehung, ist das nicht der Fall gewesen. Sam und ich sind Seelenverwandte, ja. Doch es ist anders als bei uns beiden. Sie ist da drüben zu der Familie geworden, die du und Bjorn hier für mich gewesen seid.«

Ich schüttle den Kopf. »Wie schön. Ihr wart also kein Paar, dennoch hast du mich ausgetauscht gegen sie. Soll ich mich jetzt besser fühlen?« Er greift nach meiner Hand, doch ich ziehe sie zurück. »Was möchtest du mir erzählen, Niklas? Deine ganzen seltsamen Geschichten sind mir zu viel. Mag sein, dass diese Sam nicht deine Ex ist. Aber weißt du, was die ganze Sache beweist? Wir kennen einander nicht und ich habe wirklich keine Zeit, mich auf den Kennenlernquatsch einzulassen. Das mit uns fühlte sich einfacher an, als es tatsächlich ist.«

Er sieht mich traurig an und ein wenig tut er mir gerade leid. Auch wenn Gesagtes der Wahrheit entspricht, so hart das klingen mag. Mittlerweile bin ich sicher, dass er mir das gleich hätte erzählen müssen, ob ich eine feste Beziehung will oder nicht.

»Ich habe versprochen, sie nicht mit dem Baby allein stehen zu lassen«, sagt er tonlos.

»Sagtest du nicht, es ist nicht von dir?«

»Das versuche ich dir die ganze Zeit zu erklären, Linni. Das hätte ich nicht über das Herz gebracht. Gemeinsam waren wir bei all ihren Untersuchungen. Ich war mit ihr in der Schwangerschaftsvorbereitung. Ihre Eltern haben den Kontakt zu ihr abgebrochen, nachdem sie erfahren haben, dass sie ihr Kind austragen wollte und somit nicht weiterstudieren konnte. Und der Vater des Kindes wollte nichts von seiner neuen Rolle wissen. Unsere Freundschaft wuchs. Henry wurde zum Mittelpunkt unseres Lebens, all ihre Liebe gehörte dem neuen Leben, das sie in sich trug.« Niklas bleibt stehen und nimmt meine Hände in seine, die ich ihm dieses Mal nicht entziehe. »Sam und ich sind Freunde. Nein, wir sind mehr als das. Zusammen mit Henry sind wir Familie. Das ist die Wahrheit. Die beiden bedeuten mir mehr, als dass ich mich jemals gegen sie entscheiden würde. Das ist es, was du wissen solltest.«

Ich sehe ihn an und wie immer möchte ich in seinen Augen versinken, und doch … »Was ist daran so schlimm, dass du nicht mit mir darüber reden kannst? Warum das Geheimnis darum?«

»Ich hatte nicht vor, ein Geheimnis daraus zu machen. Nicht wirklich. Aber die beiden sind mir wichtig und du bist das auch, ich denke nicht, dass es angemessen gewesen wäre, so eine Sache in einem Gespräch zwischen Tür und Angel zu klären.«

»Und weiter? Da steckt noch etwas dahinter. Ihr seid aber nicht aus irgendeinem Grund verheiratet oder so? Hast du die Green Card gebraucht? Oder ist sie am Ende illegal in den Staaten …«

»Wow! Immer langsam, ich glaube, du schaust ein wenig zu viele Seifenopern, kann das sein?«

Ich ziehe meine Hände aus seinen. »Witzig, Niklas. Das sagt derjenige, dessen Leben einer einzigen Seifenoper gleicht. Verschone mich.«

Plötzlich lacht er auf und hört überhaupt nicht mehr damit auf. Ich kann nicht anders und muss nun auch lachen. Er hält sich den Bauch und Tränen rollen ihm über die Wangen. »Du hast … scheiße, ja.

Mein Leben ist eine verdammte Seifenoper. Als Waise aus der Großstadt ausgerechnet in Lillaström, dem wohl kleinsten Nest in Schweden, gelandet. Bei meinem Onkel aufgewachsen, von dem ich nie ahnte, wie vermögend er wirklich ist. Treffe die Liebe meines Lebens, deren Vater gegen eine Beziehung ist, und mich bittet, die Finger von der Frau zu lassen, die ich liebe …«

»Was?«, frage ich nach und mein Lachen verstummt. »Was erzählst du da?«

Er seufzt. »Du weißt, dass dein Vater mich nie ausstehen konnte.«

»Möglich, aber er hat mit dir gesprochen? Wann?«

Niklas sieht auf die Erde hinab, als ob die Antwort dort im Schnee geschrieben steht. »Er sagte, er könne dich nicht auch noch verlieren, und dass du das Letzte an Familie seist, das ihm geblieben ist. Er wusste, was er sagen musste, immerhin hatte ich meine eigene verloren.«

»Er hat zu dir gesagt, du sollst mich verlassen, Schluss machen? Und das erzählst du mir erst jetzt?«

»Linni, sei nicht wütend auf deinen Vater. Er liebt dich. Und er will das Beste für dich.«

»Bedeutet was genau? Dass er mich als seine persönliche Haushälterin sieht, die ihm ein angenehmes Altern ermöglicht.«

»Nein. Ich bin mir sicher, dass sich hinter seiner groben Art ein großes Herz verbirgt.«

Ich schüttle fassungslos den Kopf. »Wenn wir jetzt alle Karten auf den Tisch legen, erzähl schon. Was gibt es da noch, das du unbedingt loswerden willst?«

Er hadert mit sich, sieht in die Ferne und zurück zu mir. »Sam und Henry werden bei mir leben, Linni.«

»Was meinst du damit, sie werden bei dir leben?«

»Sam will einen Neuanfang weit weg von der Welt, aus der sie kommt. Ich habe ihr all die Jahre von Lilaström erzählt, wie wunderbar es ist, hier aufzuwachsen. Sie hat vor drei Monaten den Entschluss gefasst, herzukommen. Ich habe sie eingeladen.«

»Wenn du keine Gefühle für sie hast, warum konntest du es mir nicht gleich erzählen?«

»Da fragst du mich, weshalb ich damit so lange hinter dem Berg gehalten habe? Ich wünschte, ich hätte die letzten fünf Minuten auf Video festgehalten, um dir die Frage zu beantworten.«

Ich schüttle den Kopf und hebe abwehrend die Hand. »Du hast recht. Das alles ist echt zu viel und es überfordert mich. Vielleicht lässt du mich einfach mit deinem Kram in Ruhe.« Ich wende mich zum Gehen um.

»Linni, komm schon. Bitte, ich …«

Und wieder: Ich, ich, ich. Ich bleibe stehen, drehe mich um und sehe ihn direkt an. »Hoffentlich geht es dir jetzt besser, Niklas.« Dann wende ich mich erneut ab und gehe zurück ins Haus.

Während die letzten Gäste frühstücken, schreibe ich Lov eine Nachricht: *Habe deinen Rat befolgt und mit Niklas gesprochen. Es war ein Desaster. Es ist endgültig vorbei.*

14
NIKLAS

Bjorns Rat zu befolgen und mit Linni zu sprechen … Was für ein Desaster. So wütend, wie sie war, war es das nun endgültig mit uns beiden. Sie hasst mich und ein klein wenig kann ich sie verstehen.

Auf der anderen Seite: Warum kann sie ihr keine Chance geben und Sam und Henry zumindest einmal kennenlernen?

Ich rufe Bjorn an. Der Einzige, der von der ganzen Geschichte weiß. Geduldig hört er zu. Nachdem ich ihm alles erzählt habe, holt er tief Luft. »Das ist typisch Elina. Sie hat sich in die Ecke gedrängt gefühlt. Es waren einfach ein paar Informationen zu viel, die sie so schnell nicht verdauen konnte. Die beruhigt sich wieder. Kann sein, dass sie eine Weile braucht, um die Sache mit dieser Frau zu verarbeiten, und Pappa muss sich warm anziehen. Mittlerweile hat sie das Sagen im Sundberghus und ich traue ihr durchaus zu, Pappa bald vor die Tür zu setzen. Ist nicht das erste Mal, dass er den Bogen überspannt.«

»Und was soll ich jetzt deiner Meinung nach tun?«

»Lass ihr Zeit.«

Ich lege den Kopf in den Nacken. Das ist keine Option. Wenn ich ihr Zeit lasse, meldet sie sich einfach nicht mehr. Dieses Ständige einander aus dem Weg gehen, muss aufhören. Und ich werde nicht zulassen, dass wir im Streit auseinandergehen. »Andere Vorschläge?«, frage ich.

»Keine Ahnung. Ehrlich, Mann, es ist meine Schwester. Ich finde ja, ihr passt perfekt zusammen, aber bitte … können wir über andere Dinge sprechen? Dir fällt bestimmt was ein.«

Ich seufze und setze mich ins Auto, um Veras Lieferwagen zurückzubringen. Die Ratlosigkeit zermürbt und erschöpft mich. Ich wünschte, es gäbe einen Weg, ihr Vertrauen zurückzugewinnen. Und doch bin ich mir nicht sicher, ob sie mir jemals eine Chance geben wird.

Es wäre bequemer, die letzten Tage mit ihr zu vergessen, mich auf das Hotel zu konzentrieren. Doch was mache ich mir vor. Das ist unmöglich.

Womöglich hat Bjorn recht, vielleicht braucht sie Zeit. Noch nie habe ich sie so verloren erlebt wie jetzt, seitdem ich wieder in Lillaström bin. Was für ein Narr bin ich, zu denken, ich könnte in der Kürze der Zeit daran etwas ändern und ihr den Halt geben, den sie braucht. Im Moment bin ich nichts als zusätzlicher Ballast auf ihren ohnehin vollbeladenen Schultern. Ja, so schwer es mir fällt, ich werde ihr die Zeit geben, die sie braucht, aber ich werde nicht aufgeben.

»Das Event rockt! Wir sind die nächsten Wochen komplett ausgebucht.«

Ich nicke Anna freundlich zu. Und ja, ich freue mich über den Erfolg. Das Hotel ist erfolgreicher, als ich es am Anfang zu hoffen gewagt habe. Nur dass ich es nicht genießen kann, denn die Sundbergs müssen in diesem Moment damit rechnen, dass sie ihr Bed und Breakfast nach diesem Winter ein für alle Mal schließen müssen.

Ich lächle Anna schwach zu, die mich mit ihren großen dunklen Augen ansieht, als wolle sie mich sofort in eine unserer Suiten entführen. Schon komisch. Habe ich mich vor einigen Wochen nicht auf Tinder angemeldet, weil ich mir genau diese Unverbindlichkeit gewünscht habe? Stattdessen bin ich in einem verdammt großen Beziehungschaos und das, obwohl ich nicht einmal eine Beziehung habe.

Linni hat es geschafft, alles, was ich wollte, in nur ein paar Tagen zu ändern. Sie hat sich in meinen Gedanken eingenistet und dieses Gefühl in mir ausgelöst, nichts mehr zu wollen, als bei ihr zu sein.

Die Party ist im vollen Gange und unsere Social-Media-Kanäle verzeichnen Followerzahlen im Tausenderbereich. Die Baumaßnahmen für den Wellnessbereich werden sich allein durch diesen Abend amortisieren. Müsste ich nicht glücklich sein, aus dem Häuschen, feiern und Champagnerkorken knallen lassen?

Dumpfer Schmerz klopft gegen meine Schläfe, ich brauche Ruhe.

Tief atme ich ein, als ich schließlich in meinem Schlafzimmer stehe. Der See ist beleuchtet und schon in wenigen Stunden wird es ein Feuerwerk und eine Eis-Show geben.

Ich zücke mein Handy und scrolle lustlos durch meine Social-Media-Kanäle. Lächelnd bleibe ich an den Bildern von Sofia, Jans Schwester, hängen, die eine Story nach der anderen über die Versteigerung dreht. Gesprächsthema unter einem der Posts ist Bjorns Ersteigerung durch eine hübsche Unbekannte.

Ich lächle. Scheinbar ist auch das Event der Sundbergs ein voller Erfolg, aber Linni entdecke ich nirgends, was kein Wunder ist, denn sie hat sich die ganze Zeit schon gegen die Versteigerung gesträubt.

Und dann sehe ich sie für eine Millisekunde, und obwohl sie nur ganz kurz im Bild ist, erkenne ich, dass sie von einem Stuhl aufspringt und wegrennt. Auch wenn ich in der flüchtigen Sequenz nicht viel erfasst habe, war deutlich zu sehen, dass etwas nicht stimmt.

Ich lege das Telefon hin und überlege, was ich tun soll. Ja, ich habe beschlossen, sie in Ruhe zu lassen.

Aber irgendetwas stimmt nicht, das habe ich im Gefühl.

Nervös greife ich zu meinem Handy, tippe auf ihren Kontakt und klingle bei ihr durch. Nichts. Der Anrufbeantworter, der erklärt, dass sie derzeit nicht im Bed and Breakfast ist und man solle eine Nummer hinterlassen, sie rufe zurück. Angestrengt denke ich nach, fasse dann aber einen Entschluss und gehe auf den Markt.

Die Stimmung dort ist ausgelassen. Sofia kommt mir entgegen und umarmt mich überschwänglich. »Niklas, ist deine Veranstaltung schon zu Ende? Oder sind dir deine eigenen Gäste zu versnobt?«

Bevor ich sie fragen kann, ob sie Linni gesehen hat, ist sie schon wieder weg.

»Hast du Linni gesehen?«, frage ich stattdessen Per, der in der letzten Reihe steht und amüsiert die Auktion verfolgt. Er hat mich nicht gehört, also tippe ich auf seine Schulter, woraufhin er sich so abrupt umdreht, dass er seinen Glögg verschüttet.

»Verdammt. Der war noch voll«, lamentiert er und steckt seine Nase in die leere Tasse.

»Entschuldige bitte. Ich gebe dir später einen aus. Hast du Linni gesehen?« Er schüttelt den Kopf und ich dränge mich weiter durch die Menge. Doch als ich Lovisa und Jan entdecke, gehe ich mit großen Schritten zu den beiden hinüber. »Habt ihr Linni gesehen?«

Lovisa und Jan schütteln synchron den Kopf. »Nein. Ist was passiert?«

Wenn ich das wüsste, denke ich, spare mir aber die Erklärungen. »Sagt mir Bescheid, wenn ihr sie seht.«

Nachdem ich mich von der Mitte des Marktplatzes aus ganz durch die Menge gedrängt habe, bin ich davon überzeugt, sie hier nicht zu finden. Erneut wähle ich ihre Nummer und wieder erklingt die Mailbox. »Verdammt, Linni! Wo bist du?«, flüstere ich in die Nacht. Und dann kommt mir eine Idee.

Zwanzig Minuten später bin ich außer Atem an der kleinen Schutzhütte am Waldrand angekommen und tatsächlich ist sie hier. Sie steht mit dem Rücken zu mir und sieht hinunter auf Lillaström.

»Linni!«, rufe ich sanft, um sie nicht zu erschrecken, dennoch dreht sie sich ruckartig zu mir um, sieht mich einen kleinen Moment an und dreht sich wieder weg.

»Was willst du hier, Niklas?« Ihre Stimme klingt dünn und kraftlos. Langsam gehe ich auf sie zu, drücke sie an mich.

Abwehrend windet sie sich aus meinen Armen, dreht sich zu mir um und sieht mich mit wütend funkelnden Augen an.

Vorsichtig strecke ich meinen Arm nach ihr aus. Nach einem kurzen Zucken lässt sie die Berührung dennoch zu, senkt den Kopf und schluchzt. Ich lasse sie, ziehe sie in meine Arme und halte sie einfach nur fest und warte, bis es ihr besser geht.

Nach einer Weile umgreife ich ihre Schultern, trete einen kleinen Schritt zurück. »Was ist passiert?«

15
ELINA

Ratlos hebe ich die Schultern. Es ist so viel, wie soll ich ihm all meine Gedanken erklären?

»Hat dir jemand wehgetan?«

Ich schüttle den Kopf und fische ein Taschentuch aus meiner Jacke. Verdammt! Warum muss ich nur ständig heulen in letzter Zeit? »Woher wusstest du, wo ich bin?«

Niklas lächelt und wischt mit seinen Fingern über meine Wange, um meine Tränen zu trocknen. »Du kamst schon damals immer her, wenn du allein sein wolltest, traurig warst oder wichtige Entscheidungen treffen musstest.«

Erneut rollen mir Tränen über die Wangen. Wie kann es sein, dass er mich so verdammt gut kennt, besser als jeder andere? Ich schlucke.

»Und jetzt versuch es. Erzähl, was dich so beschäftigt, was dich so traurig macht.«

Ich lege den Kopf in den Nacken und überlege, wie ich anfangen soll. »Es ist so großartig, wie alle sich bemühen, und ich habe wirklich geglaubt, dass wir eine Chance haben, das Bed and Breakfast zu retten.«

»Die Auktion ist gut gelaufen, vielleicht solltest du den Kopf noch nicht in den Sand stecken. Lovisa wirkte sehr zufrieden.«

Ich nicke und schäme mich so. Sie hat so viel Arbeit in die Auktion gesteckt. Doch noch ahnt niemand, dass das vergebene Liebesmüh war. Mit einem Mal schluchze ich und kann es einfach nicht mehr zurückhalten.

Erneut nimmt mich Niklas fest in den Arm. »Es gibt nichts, was sich nicht lösen lässt. Du musst jedoch mit mir reden«, flüstert er mir zärtlich ins Haar. Aber soll ich das wirklich tun? Weiterhin alles, was ich verbockt habe, auf seine oder andere Schultern laden? Das wäre nicht fair.

Ich atme tief durch. »Danke, das bedeutet mir sehr viel. Aber ich bekomme das schon geregelt.« Ich zwinge mich zu einem Lächeln, das sich schief anfühlt.

»Linni, du bist eine stolze Frau und ich akzeptiere das. Ich finde, das macht dich aus, und deshalb liebe ich diese Eigenschaft an dir.«

Ich senke den Blick. Er weiß genau, was er tun und sagen muss, um mich zu erweichen. Mit seinen Fingern hebt er mein Kinn und blickt mir intensiv in die Augen. Es berührt mich zu hören, wie viel er von mir hält. Er wird nicht lockerlassen, ehe er eine Antwort von mir bekommt.

»Alle haben sich so bemüht, selbst Pappa und Susan haben ständig die Werbetrommel gerührt. Lovisa hat die Auktion zu einem Fest gemacht. Sie hat die Leute endgültig auf ihre Seite gezogen und was mich für sie so sehr freut … Sie hat ihr Glück mit Jan gefunden.« Erneut putze ich mir die Nase und lehne mich an Niklas' Brust. Ich will nicht, dass er mich so sieht, und doch möchte ich Worte finden, sodass er mich versteht. »Es ist einfach … ach, ich habe sie gerade wieder in meinem Leben, verstehst du? Und ja, wahrscheinlich wird sie in Lillaström bleiben, jetzt da sie mit Jan zusammen ist. Aber …«

»Du hast dir gewünscht, auch in Zukunft mehr Zeit mit ihr zu verbringen, nicht wahr?«

Ich nicke leicht. »Klingt das egoistisch?«

»Nein. Das tut es nicht, Linni.«

Aber das ist nicht alles und ich weiß, ich muss es loswerden. Das sagen, was mir auf der Brust liegt und so schwer wiegt wie tonnenweise Neuschnee.

Ich entferne mich ein wenig von Niklas und schaue hinaus auf das Dorf. Es gibt kaum Hügel in der Gegend und es wäre zu viel versprochen, wenn man das hier Berg nennt. Aber der Blick auf Lillaström ist einmalig von dieser Schutzhütte.

Tief atme ich ein. »Das ist nur die halbe Wahrheit.« Ich drehe mich wieder zu ihm um und halte diesmal seinen Blick. »Als du hier ankamst, war ich so wütend auf dich. Du hast mich zurückgelassen, und als du dann wieder hier warst, als arroganter Hotelbesitzer, der die Frauen reihenweise abschleppt, da …«

»Du weißt …«

Ich hebe die Hand und er schweigt. Leicht nicke ich. »Ich weiß, dass das alles Gerüchte waren. Ich hätte es gleich wissen müssen, aber ich war so durcheinander. Du warst zurück und wolltest nichts von mir wissen. Und dann hast du mir den Spiegel vorgehalten. Während sich in meinem Leben nichts entwickelt hat und alle anderen und auch du vorangekommen sind, bin ich stehengeblieben. Und jetzt … stehe ich immer noch still.«

Niklas sieht mich traurig an. Ich weiche einen Schritt zurück, aber er lässt sich nicht aufhalten, und auch wenn ich das nicht möchte, kullern erneut Tränen über meine Wangen.

»Ich dumme Gans«, schluchze ich.

»Sag so etwas nicht. Und du bist nicht allein. Meine Gefühle für dich sind nach wie vor dieselben. Wenn du es zulassen könntest, bin ich da. Und eines noch: Du hast dich so wahnsinnig entwickelt. Wie du das alles meisterst. Siehst du das nicht? Das ist das Gegenteil von Stehenbleiben. Du gehst voran, motivierst die Menschen um dich herum. Selbst wenn du keinen Ausweg siehst, lässt du es dir nicht anmerken. Du wächst jeden Tag über dich hinaus.«

Er drückt sich fest an mich und zu gern würde ich seinen Worten glauben. Kann ich es? Ich möchte, ja, und dennoch ist da etwas in mir, das mich hemmt.

»Ich habe Angst«, formuliere ich meine Gefühle.

»Wir hatten einen schwierigen Start, Linni. Auch ich habe Angst und doch ist es so klar. Heute mehr als jemals zuvor. Damals, als wir zusammen waren, waren wir vielleicht einfach noch nicht so weit. Aber jetzt, jetzt bin ich es. Sind wir es. Wir gehören zusammen, da bin ich mir sicher und ich bewundere dich.«

Ich hebe meinen Kopf. Was muss ich für ein Bild abgeben, mit der verschmierten Mascara, die ich sonst nie auflege. »Du? Der Erbe, Hotelbesitzer und schönster Mann des Planeten, bewunderst mich?« Ich lache trocken.

Niklas sieht mir tief in die Augen. »Ich wünschte, du könntest dich mit meinen Augen sehen. Du bist wundervoll. Dein Herz ist so groß, du stellst deine eigenen Belange immer hinten an. Mit dir zusammen zu sein, ist wie jeden Tag Frühling in der kältesten Winternacht. Es tut mir weh, zu hören, wie wenig du selbst von dir hältst und das, obwohl du jeden Tag Großartiges leistest.«

Ich atme tief durch.

»Glaube nie, dass du es nicht wert bist, das Beste zu bekommen, denn das bist du.«

Ich öffne den Mund, will mich für mein Verhalten entschuldigen. Ihm sagen, dass ich ihm vertrauen möchte. Doch in diesem Moment erhellt sich die kleine Hütte in einem leuchtendem Orange, dann Grün. Ich drehe mich um und staune über das Leuchten am Himmel. »Du verpasst dein eigenes Feuerwerk.«

Erneut zieht er mich zu sich. »Nein. Das tue ich nicht. Ich bin genau da, wo ich sein soll. Und das ist bei dir. Schon vergessen? Solange der Himmel sich grün zu färben vermag, ist alles möglich.«

Wärme flutet mich trotz der eisigen Kälte der Nacht. Auch ich möchte in diesem Moment nirgends lieber sein als bei ihm. Ich habe keine Ahnung, ob es in Zukunft so bleiben wird. Ob es sich immer so einfach anfühlen wird, und wenn ich ehrlich zu mir bin, befürchte ich, das wird es nicht. Denn auch wenn eines der Bäder renoviert werden kann, werden neue Reparaturen auf uns zukommen. Um die zu bewältigen, müsste neunzig Prozent Auslastung im Jahr garantiert sein und das am besten ab sofort. Realistisch betrachtet ist das ein Ding der Unmöglichkeit.

»Linni.«

Ich drehe mich zu Niklas um.

»Es wird alles gut werden. Aber jetzt schalt dein Gehirn aus. Hör auf, dir ständig Gedanken zu machen. Vertraue, nur einmal.«

»Wie könntest du mich verstehen, bist du es doch, der sich, vor allem nach der heutigen Aktion, keine Gedanken mehr machen muss? Du findest immer …«

Seine Lippen auf meinen ersticken meine Worte. Und tatsächlich verliere ich mich, denke an gar nichts, sondern fühle nur.

Hand in Hand gehen wir zurück ins Dorf. Mittlerweile sind die Leute wieder zu Hause und schauen ihr geliebtes Abendprogramm.

»Kommst du mit rein?«, frage ich zögerlich. Ich möchte ihn bei mir haben, seine Nähe genießen.

Er zieht mich an sich und erneut treffen sich unsere Lippen zu ihrem ganz eigenen Feuerwerk. Die Sehnsucht in meinem Körper ist so deutlich, so präsent. »Ich muss zurück«, raunt er und schafft eine Lücke zwischen uns. Ich vermisse ihn schon, obwohl er direkt vor mir steht. Hier bei mir. »Aber wir sehen uns morgen, ja?«

Ich nicke und doch bin ich immer noch traurig. Eine Weile blicke ich ihm hinterher, als er geht.

Wie zu erwarten war, ist Lov nicht zu Hause und auch sonst ist es dunkel. Aus einem der Zimmer sind die dumpfen Geräusche des Fernsehers zu hören. Also verziehe ich mich in mein Schlafzimmer und krame aus einem meiner Schränke ein paar Aquarellstifte und Papier.

Mein Herz schlägt heftig in meiner Brust, während ich anfange zu malen. Und doch ist es, als hätte ich nie etwas anderes getan. Schon früher hat es mich entspannt zu malen, es war eine Art Meditation. Derzeit ist in meinem Leben alles so verwirrend. Doch mit jeder Farbe, die das Weiß bunt färbt, lösen sich die Knoten in meinem Kopf und lassen sich für einen Moment zur Seite legen, sodass ich mit dem Bild, das sich stattdessen in meinem Kopf manifestiert, eins werde und es zum Leben erwecke.

Nach einer Weile lege ich den Stift ab und sehe auf das Bild, das dabei ist, zu entstehen. In diesem Moment bin ich zufrieden und spüre erst jetzt, worum ich mich all die Jahre gebracht habe. Es gab Zeiten, da hatte ich Träume und Ziele. Vor allem war ich ausgeglichen, für jeden Spaß zu haben.

Was ist daraus geworden? Wird es nicht Zeit, an mich zu denken und die Dinge zu tun, die mich erfüllen? Der Gedanke fühlt sich so echt an, dass er ein heftiges Kribbeln in meinem Bauch auslöst. Mit einem Lächeln lege meine Malutensilien zur Seite.

Am nächsten Morgen ist es noch finster, als ich wach werde. Ich reibe mir müde die Augen und schaue auf mein Handy. Noch zehn Minuten, bis mein Wecker klingelt. Trotz des anstrengenden Tages gestern, fühle ich mich relativ frisch und auf eine seltsame Art aufgeräumt.

Lächelnd schlüpfe ich aus dem warmen Daunenbett, schalte das Licht an und sehe mir das Bild an, an dem ich gestern Abend gearbeitet habe. Eine Gänsehaut jagt mir über den Körper, denn ich liebe die

Farben und die fast dreidimensionale Tiefe, die es ausdrückt. Niklas sagte, es wird alles gut werden.

»Es wird alles gut werden«, flüstere ich die Floskel, die am heutigen Morgen viel mehr als das ist, weil ich an sie glaube. Vielleicht wird uns das Bed and Breakfast nicht mehr gehören, aber das Leben geht weiter.

Seit gestern weiß ich, dass ich nicht für das Glück aller Menschen in meinem Umfeld verantwortlich bin. Das erste Mal seit langer Zeit spüre ich tief in mir, dass auch ich eine Chance auf einen Neuanfang habe. Auch wenn dieser mehr als unklar erscheint.

Und wenn ich es nicht mehr hätte, das Bed and Breakfast? In den letzten Tagen habe ich mich immer wieder dabei ertappt, mir vorzustellen, wie es wäre, hier nicht mehr zu leben und keine Gäste mehr zu betreuen. In meinem Bauch fühlt es sich an, als flögen Schmetterlinge um die Wette beim Gedanken an diese Freiheit. In den letzten Jahren ist das Bed and Breakfast zu einer Last geworden. Und wenn mein Bankberater recht behält, könnte abzüglich der Schulden noch etwas für Pappa übrigbleiben, wenn wir verkaufen. Nicht viel, aber zumindest genug, um ihm ein paar Monate Miete zu garantieren.

Und Niklas? Ich liebe ihn, im Grunde habe ich das immer getan. Doch das Schicksal ist auch nach zehn Jahren nicht auf unserer Seite. Sollte ich das Bed and Breakfast verkaufen, kann es sein, dass ich Lillaström verlassen muss, um Arbeit zu finden. Das Fundament, auf dem wir stehen, ist bröckelig und ohne feste Substanz.

Wie war das? Solange der Himmel sich grün zu färben vermag, ist alles möglich. Mit meinen Fingern fahre ich über die grünen Perlen des Armbandes. Ist es so?

Ich seufze. Die Vergangenheit hat mich eines Besseren belehrt. Heute noch werde ich den Bankberater bitten, einen Makler zu beauftragen, um das Sundberghus zum Verkauf anzubieten.

Das Telefon holt mich aus meinen Gedanken und ich wundere mich, wer so früh am Morgen anruft.

»Bedelia«, stelle ich verwundert fest.

16

NIKLAS

Heute, am nächsten Morgen, scheint die gestrige Nacht nicht mehr als ein Traum gewesen zu sein. Linni hat mich in der Schutzhütte an sich herangelassen und doch scheue ich mich, sie anzurufen. Noch immer bin ich mir nicht sicher, ob sie meine Nähe möchte, trotz der Tatsache, dass wir uns locker für heute verabredet haben. Ich beschließe, geduldig zu sein und abzuwarten, ob sie sich bei mir meldet.

Zum Glück habe ich gerade heute, nach dem Event, das ein voller Erfolg war, genug zu tun, um mich abzulenken. Mittlerweile sind wir für die komplette Wintersaison ausgebucht und einige lokale Zeitungen aus der Umgebung möchten Berichte über die Erfolgsgeschichte des Hotels Sjöutsikt abdrucken. Und ja, ich freue mich über diesen Erfolg, aber wie schön wäre es, diesen mit einem Menschen zu teilen? Jemandem, den man von ganzem Herzen liebt, mit einer Familie, die bedingungslos an meiner Seite steht.

Vielleicht war es ein großer Fehler, hierher zurückzukommen, nachdem ich in Kalifornien eine solche Familie gefunden habe.

Lächelnd sehe ich den Sperrbildschirm meines Telefons an. Der Grund, weshalb das perfekte Date mit Linni dermaßen eskaliert ist. Dabei bin ich mir sicher, dass die beiden Frauen sich wunderbar verstehen würden. Sie haben so einiges gemeinsam, vor allem aber den Willen und die Sturheit, für das, was sie sich in den Kopf gesetzt haben, einzustehen. Drei Monate ohne Sam und Henry fühlt sich an wie ein ganzes Jahr.

Mein Telefon vibriert und mein Herz schlägt höher, als ich sehe, dass Linni mir eine Nachricht geschrieben hat.

Danke, dass du gestern Nacht für mich da warst. Ich bin am Vormittag unterwegs, aber ich melde mich später bei dir.

Geht es dir besser?

Ja. Danke, es geht mir gut. Bis dann.

Erleichtert atme ich durch und bin dankbar, dass ich zumindest weiß, dass es Linni gut geht. Kaum habe ich den Gedanken zu Ende gedacht, klingelt mein Tischtelefon.

»Niklas, ich habe Gespräche für dich auf drei Leitungen. Auf der eins ein Radiosender, dann ein Kunde auf der zwei, der sich beschweren will, ich konnte ihn wirklich nicht abwimmeln. Und eine Frau auf der drei. Samantha, sie hat einen Dialekt. Sie meint, sie sei eine Freundin von dir, aber ich hab nie von ihr gehört, also …«

»Danke, Anna«, unterbreche ich sie. »Bitte mach Gesprächstermine mit dem Kunden und dem Radio aus und stell Sam durch.«

Anna grummelt etwas Unverständliches ins Telefon, bevor ich endlich Sams Stimme höre.

»Du bist ein Engel, weißt du das?«, frage ich.

»Ach ja? Wie komme ich zu meiner neuen Rolle?«

»Das ist eine längere Geschichte, aber sie endet damit, dass ich dich und Henry vermisse. Also erzähl, wie geht es euch?«

Sam lacht herzlich ins Telefon und schon habe ich ein Lächeln auf den Lippen. »Um ehrlich zu sein, sind wir todmüde. Wir hatten eine anstrengende Reise.«

»Eine Reise? Du hast gar nicht erzählt, dass ihr unterwegs seid. Sag bloß, du besuchst deine Eltern in Chicago?«

»Pff, wo denkst du hin? Nach wie vor ist es, als hätte ich nie Eltern gehabt.«

Ich seufze. Sams Eltern sind schwierig und auch wenn Sam immer einen lockeren Spruch parat hat, wenn es um sie geht, weiß ich doch, wie sehr sie darunter leidet, dass Henry seine Großeltern bisher nie kennengelernt hat. »Hätte ich mir denken können, dass du die warme kalifornische Sonne nicht gegen das eisige Chicago tauschen würdest«, versuche ich das unangenehme Thema zu wechseln.

»Nicht ganz«, antwortet Sam kleinlaut.

Ich runzle die Stirn. »Was meinst du damit?«

»Hier in Schweden ist es mindestens genauso kalt wie in Chicago.«

Ich schieße von meinem Stuhl hoch. »Du … ihr seid hier? Du nimmst mich doch auf den Arm.«

Erneut lacht sie ihr tiefes, warmes Lachen. »Nein. Diesmal nicht. Also, wie lang wird es dauern, bis du uns vom Flughafen abholen kannst?«

Nachdem ich den vollkommen übermüdeten Henry in ein Bett gelegt habe, setze ich mich zu Sam auf die Couch. »Ich kann immer noch nicht glauben, dass ihr hier seid. Ich meine, nicht das ich mich nicht freue, das tue ich.«

»Das möchte ich auch hoffen nach der Mammutreise«, erwidert Sam gähnend.

Ich schüttle den Kopf und umarme sie fest. »Vorhin habe ich mir noch gedacht, wie sehr ich euch vermisse. Und zum allerersten Mal, seit ich hier bin, war ich mir nicht sicher, ob es eine gute Idee war, Kalifornien zu verlassen.«

Sam legt den Kopf schief und sieht mich prüfend an. An ihr raspelkurzes schwarzes Haar muss ich mich erst mal gewöhnen, wobei es für sie völlig normal ist, alle paar Wochen ihren Look zu verändern. »Das klingt nicht gut. Dabei läuft es mit dem Hotel doch wunderbar, dachte ich.«

Ich nicke, sage aber nichts weiter.

»Es ist wegen Linni, nicht wahr?«

»Ja, irgendwie schon«, gebe ich zu.

»Ich habe die letzten Gespräche über gemerkt, dass es dir nicht allzu gut geht. Und da dachte ich, du könntest vielleicht meine Unterstützung gebrauchen. Jetzt erzähl endlich, oder bin ich umsonst hierhergeflogen?«

Ich lache und schüttle den Kopf. »Du bist echt verrückt. Aber weißt du was, das habe ich vermisst.« Und dann erzähle ich ihr davon, dass ich die ersten Monate zu feige war, mich bei Linni zu melden, und ihr förmlich aus dem Weg gegangen bin, was in Lillaström unmöglich ist. Über das große Missverständnis desselben Termins für unsere Vorweihnachtsaktionen. Bei der Erinnerung daran, wie sie in das Hotel gestürmt kam, muss ich lächeln.

»Sie ist dir sehr wichtig. In zehn Jahren habe ich dich noch nie so verliebt über eine Frau sprechen hören.«

Ich fahre mir durchs Haar. »Linni ist etwas Besonderes. Sie hat diese dicke Panzerschicht um sich herum, aber hat man diese erst einmal geknackt, offenbart sich ein großes Herz und so viel Liebe.«

»Genug, um sich die Zähne daran auszubeißen?«

Ich nicke. »Ja.«

»Dann wird ihr Herz deines früher oder später erkennen. Aber pass auf, dass deines bis dahin nicht zerbricht.«

Ich lächle. »Das wäre es wert.«

Skeptisch sieht Sam mich an. »Nein, das wäre es nicht. Mit einem gebrochenen Herzen ist niemandem geholfen, Niklas. Aber was ist das Problem?«

Ich schlucke. »Das sind mehrere Dinge. Sie vertraut mir nicht, ich glaube, das ist im Grunde das größte Problem. Dass du und Henry Familie für mich seid, ist für sie nicht zu fassen.«

Sam nickt. »Ich habe darüber nachgedacht und ich verstehe Linni. Stell dir vor, es wäre andersrum. Woher soll sie wissen, was uns verbindet? Sie war die letzten Jahre nicht da. Im Grunde genommen würde ich an ihrer Stelle ähnlich reagieren. Wenn sie nur halb so eifersüchtig ist, wie ich es in Beziehungen bin …«

Ich lache. »Dann wäre sie sogar auf meine Zahnbürste eifersüchtig.«

Sam boxt mir gespielt entrüstet gegen die Schulter. »Und zu sprechen hilft da nicht?«

»Ich denke, sie hat dieses tiefe Misstrauen gegen mich, weil ich damals ohne sie Lilleström verlassen habe. Ich war fort, habe unseren Traum gelebt. Leider haben wir das nie aufgearbeitet.«

Sam bedenkt mich mit einem ernsten Blick. »Sie passt eben gut auf ihr Herz auf.«

Ich schlucke. »Ich kann nicht rückgängig machen, dass ich vor zehn Jahren nicht um uns gekämpft habe. Es war nicht unsere Zeit damals«, verteidige ich mich schwach.

»Bleib dran, das wird sich auszahlen, vertrau mir.« Sam klopft mir aufmunternd auf die Schulter und gähnt dann herzlich.

Ich lächle. »Wie wäre es, wenn du erst mal duschst und dich dann eine Runde ausruhst und zu Henry legst. Wir können später ins Little Italy gehen und was essen. Dann erzählst du mir alle Neuigkeiten.«

Sie nickt. »Das hört sich verlockend an.«

»Wie lange werdet ihr bleiben?«

»Nicht sehr lang. Fünf Tage und wahrscheinlich werden wir uns Stockholm ansehen, wenn wir schon mal hier sind.«

Obwohl Sam und Henry gerade erst ankamen, macht es mich traurig zu wissen, dass sie schon bald wieder fort sein werden. »Das ist wirklich kurz. Wahrscheinlich seid ihr noch mitten im Jetlag, ehe ihr wieder zurückfliegt.«

»Kann gut sein. Aber mehr Urlaub konnte ich mir nicht leisten. Ich brauche ihn für den Umzug nach Lillaström, sollte das klappen.«

»Was heißt hier sollte?«

»Liegt ein bisschen daran, wie gut du uns die nächsten Tage von diesem Ort überzeugst.«

»Wenn das so ist, dann mach dich auf eine intensive Zeit gefasst.«

17
ELINA

So schnell es geht, laufe ich über das vereiste Kopfsteinpflaster durch Lillaströms Gassen. Auch tagsüber, wenn die Lichter der Dekorationen noch nicht leuchten, ist es unmöglich, dem Weihnachtszauber zu entfliehen. Selbst für mich.

Ich denke daran, wie sich alles in diesem Jahr verändert hat. Ob es am Fest liegt? Wahrscheinlich nicht. Es ist die Familie, die ich endlich wieder bei mir habe. Lovisa und Niklas, die ich all die Jahre über vermisst habe.

Außer Atem stehe ich endlich vor Bedelias kleinem Laden, der von außen betrachtet eher unscheinbar wirkt. Ein Schaufenster, das Gegenstände in der Auslage bereithält, mit denen man nicht viel anfangen kann und von denen man trotzdem jedes Einzelne betrachten muss.

Bedelia hat so geheimnisvoll am Telefon gesprochen, wie nur sie es kann. Auf jeden Fall habe ich kein Wort von dem Kauderwelsch verstanden, den sie brabbelte. Irgendetwas von der Vergangenheit und den Möglichkeiten für die Zukunft. Viel Zeit habe ich nicht, denn obwohl Susan zum Frühstücken mit Pappa ins Sundberghus kommen wird, möchte ich ihr nicht schon wieder zur Last fallen.

»Möchtest du was kaufen?«, begrüßt Bedelia mich, als ich in den Laden trete.

»Wir haben vor einer halben Stunde telefoniert, schon vergessen?«, erinnere ich sie.

Ihr Gesicht erhellt sich, obwohl ihre Augen nach wie vor tiefschwarz bleiben. »Setz dich. Ich habe uns einen Kakao gemacht.«

Während sie den Satz ausspricht, nehme ich einen süßlichen und dennoch herben Geruch wahr. Ich kann es nicht ganz ausmachen. Es ist eine Mischung aus Schokolade und einer holzigen Note. Amber, Sandelholz? Es riecht ungewohnt, aber dennoch verführerisch.

Ich nippe an der zarten Tasse, die für das fast schon dicke, dunkle Getränk zu zerbrechlich wirkt. »Das schmeckt … Es ist großartig!«, staune ich nach dem ersten Schluck.

Sie grinst und zwinkert dann. »Ist ein Geheimrezept, das hat meine schottische Oma schon so hergestellt. *Gum beannaicheadh Dia i,* Gott hab sie selig.«

Ich lächle und frage mich, ob Bedelia tatsächlich an Gott glaubt, so abergläubisch, wie sie ist. Ich möchte nicht unfreundlich wirken, dennoch setze ich die Tasse vorsichtig ab und räuspere mich. »Ich habe nicht allzu viel Zeit, weshalb wolltest du mich so dringend sprechen?«

Bedelia legt den Kopf schief und sieht mich prüfend an. Dann steht sie so beschwerlich aus ihrem maroden Sessel auf, dass ich mir für einen Moment nicht sicher bin, ob die Holzbeine oder ihre alten Knochen bei ihrer Bewegung knarzen.

Ich blicke ihr hinterher und höre sie im Nebenraum kramen. Mit gerunzelter Stirn fixiere ich dann den Umschlag, den sie in der Hand hält und mir reicht, während sie sich wieder setzt. »Was ist das?«, frage ich.

»Bist du hier, um die Kunst der Hellseherei zu erlernen? Dann habe ich eine erste Lektion für dich: Öffne das Kuvert und sieh nach.«

»Sehr witzig, Bedelia.« Aber sie hat ja recht. Vielleicht liegt es an diesem verrückten und geheimnisvollen Laden und an Bedelia selbst, dass meine Hände leicht schwitzen und ich die Luft anhalte, während ich den Umschlag öffne. Als ich dann all die Scheine herausziehe, bin ich mehr als verwirrt. »Was ist das?«

»Nach was sieht es denn aus, *mo ghaol*, meine Liebe? Frösche sind es nicht.«

»Ich sehe, dass das Geld ist, aber was soll ich damit?«

»Ich sagte doch, ich beteilige dich am Gewinn deiner Bilder«, erklärt sie trocken und hebt ihre Kakaotasse an.

Ich lache laut auf. »Das sind bestimmt 20.000 Kronen. Damit könnte man einen kleinen Gebrauchtwagen kaufen.«

»Knapp 31.0000«, erwidert sie unbeeindruckt.

Mein Blick wandert zum Geld in meiner Hand und zurück zu ihr. Was zur … Das Herz schlägt mir bis zum Hals. Das alles ist so abgefahren, so surreal. Ich beiße mir fest auf die Unterlippe. Nein, das hier ist echt, der Schmerz ist real. »Du willst mir also erzählen, dass du innerhalb dieser kurzen Zeit 31.000 Kronen mit den Bildern verdient hast?«

Sie schüttelt den Kopf. »Nein. Fast 40.000 Kronen, du hast meinen Anteil vergessen. Warum bist du so außer dir? Wenn du das Geld nicht willst …«

»Warum ich außer mir bin?«, unterbreche ich sie. »Weil das total absurd ist. Wer würde so viel Geld für meine Bilder bezahlen?«

Bedelia schüttelt den Kopf. »Die Frage stellt sich nicht. Aber wenn du wissen möchtest, wer dies bereits getan hat …« Sie greift in die Tasche ihres langen Wallerockes und reicht mir eine Visitenkarte. »Die Frau meinte, du sollst sie anrufen.«

Mit zitternden Händen nehme ich die Karte entgegen. Das Firmenlogo darauf sticht mir zuerst ins Auge. »Coffee Crush«, murmle ich.

»Ja, den Namen hat sie erwähnt. Sagt mir nichts, aber einige Menschen haben ihre Begabungen erkannt. Ganz offensichtlich kocht diese Frau, Eva Persson, hervorragenden Kaffee.«

Ich verstehe rein gar nichts. »Das Coffee Crush hat Filialen im ganzen Land. Das kennst du nicht?«

Sie sieht mich fragend an. »Wegen ihres Kaffees? Wie auch immer. Aber da hast du es: Nichts ist unmöglich. Du kannst dir ruhig ein Vorbild daran nehmen und endlich an deine ganz eigene Begabung glauben. Mach etwas draus, ruf die Frau an.« Sie sieht mich intensiv an. »Erinnerst du dich an unser Gespräch über die Macht der Wahl? Jede Entscheidung liegt bei dir selbst. Man kann nicht wissen, wohin sie uns führt. Aber wir sind niemals machtlos. Du kannst dich im Kreis drehen oder dich entscheiden, deine Sorge anzunehmen und sie umzudrehen, zum Gedanken, der dich zu einer Lösung bringen wird.« Ohne auf eine Antwort von mir zu warten, steht sie auf und geht leicht humpelnd Richtung Vorhang, der die Verkaufsfläche vom Nebenraum trennt. Unvermittelt bleibt sie stehen und dreht sich zu mir um. »Ich lasse dich jetzt in Ruhe telefonieren.«

Ich sehe ihr nach, während sie hinter dem schweren terracottafarbenen Vorhang verschwindet. Ich kann nicht glauben, dass sie alle Bilder verkauft hat, und das zu diesem horrenden Preis. Der Gedanke fühlt sich befremdlich, aber beflügelnd zugleich an. Was soll ich tun?

Ruf sie an, höre ich meine innere Stimme sagen. Noch einmal nehme ich das Geld in die Hand, stehe dann auf und gehe ein paar Schritte auf und ab, ehe ich mich wieder setze und die Telefonnummer auf der Karte in mein Handy tippe.

Der Tag, als ich wutentbrannt in das Hotel gestürmt bin, scheint eine Ewigkeit her zu sein. Kann es sein, dass seither knapp zwei Wochen vergangen sind? Wie ist es möglich, dass ein Leben sich innerhalb eines Wimpernschlags ändern kann?

Noch immer gehe ich in Gedanken das Gespräch mit Eva Persson durch, der Geschäftsführerin der Coffee-Crush-Filialen. Und nachdem ich Bedelias Laden verlassen habe, war es mir unmöglich, ins Bed and Breakfast zurückzugehen, als wäre das alles nicht gewesen. Ich wollte die Neuigkeiten teilen und sofort wusste ich, wem ich zuerst davon erzählen wollte.

Irritiert bleibe ich vor Niklas' Büro stehen, als ich ihn Englisch sprechen höre. Es ist nicht die Sprache, die mich aufhorchen lässt, sondern die Art, die nicht geschäftsmäßig klingt. Und dann trifft es mich wie ein Donnerschlag, als ich eine piepsige Jungenstimme vernehmen.

»Nik, please let's go outside.«

Er lacht und statt seiner antwortet eine weibliche Stimme, die erklärt, dass Niklas arbeiten muss, aber später sicher mit ihm spazieren geht.

Meine Hände schwitzen und unangenehme Wärme flutet mich von Kopf bis Fuß. Alles an mir möchte sofort verschwinden und doch stehe ich hier, verwachsen mit dem Parkettboden wie eine Hunderte Jahre alte Eiche.

Die Frau lacht warm und tief. »Tut mir leid. Henry hat dich so vermisst.« Mein Englisch ist ganz gut, also fällt es mir nicht allzu schwer, dem Gespräch zu folgen. Ich weiß, ich sollte das nicht tun, aber wie gebannt bleibe ich auf der Stelle stehen.

»Schon gut. Ich schreibe diese E-Mail zu Ende und dann habe ich Zeit für euch.«

Wider den Drang zu verschwinden, übermannt mich die Neugier und ich schiebe die Milchglastür, die einen Spalt offen steht, zur Seite. Niklas sitzt an seinem Schreibtisch und lächelt auf seinen Computer hinab, während eine Frau im Verschlucksessel sitzt, den Jungen auf dem Schoß. Trotz des Abstands, den die drei zueinander haben, wirkt die Szene entspannt und harmonisch wie ein Sonntagsfrühstück um zehn. Ich schlucke.

»So, ich bin so weit. Was wollt ihr unternehmen?«, will Niklas wissen und sofort springt der Junge auf, um sich auf Niklas' Schoß zu setzen. »Möchtest du Schlittschuhlaufen?«, fragt er ihn mit einer Zärtlichkeit in der Stimme, die mir eine Gänsehaut über die Haut schickt.

»Das ist eine gute Idee, Niklas, aber bist du dir sicher, dass du nicht zuerst mit Linni sprechen möchtest, bevor wir uns in Lillaström zusammen zeigen?« Ich schlucke, als ich meinen Namen höre, halte mein Ohr dann noch dichter hin. »Nach dem zu urteilen, was du erzählt hast, kommt ihr unser Besuch schneller an die Ohren, als dass wir die Schuhe anhaben.«

Niklas lacht. »Du hast gut aufgepasst. Aber ihr habt kaum Zeit und die möchte ich mit euch verbringen. Ich werde mit Linni sprechen. Spätestens heute Nachmittag.«

Sam schweigt einen Moment. »Wenn du sicher bist? Es wäre mir lieber zu wissen, dass Linni uns genauso willkommen heißt wie du. Henry und ich werden alles aufgeben. Ich kann nicht riskieren, erneut von vorn anzufangen, weil sie nicht damit umgehen kann, dass wir bei dir leben.«

»Sam, bitte. Mache dir darüber keine Gedanken. Ihr seid meine Familie. Dazu wird es nicht kommen.«

Die nächsten Worte erreichen mich nicht. Mein Herz schlägt fest gegen meine Brust. Auch wenn ich mit Niklas noch nicht gesprochen habe, ist eine gemeinsame Zukunft ein wenig weiter in die Ferne gerückt. In das Leben, das Niklas führt und führen wird, passe ich nicht hinein. Sam hat Recht, ich weiß einfach nicht, ob ich damit zurechtkomme, wenn sie und Henry zu ihm ziehen. Sie, diese Frau und ihr Sohn, sind seine Familie. Und wie sagte er: Familie ist für ihn das Wichtigste. Er hat sich in Lillaström ein neues Leben aufgebaut und wird es seiner Familie ebenso ermöglichen. Wie könnte ich mich da in den Weg stellen?

Die Vorfreude, ihm von Eva Perssons Angebot zu erzählen, ist mit den gerade gehörten Worten verflogen. Der Gedanke in mir verfestigt sich, dass mein neues Kapitel das Ende unseres gemeinsamen sein könnte. Nach all seinem Glück bringe ich nichts als Unruhe in sein Leben.

Mit meinem Handrücken wische ich mir die Tränen von den Wangen und stürme durch den Flur zurück Richtung Ausgang, geradewegs in Anna hinein. »Was ist denn in dich gefahren?«, mault Anna, während sie die Wasserflaschen, die ihr vom Tablett geflogen sind, aufhebt.

Ich eile an ihr vorbei, spüre aber ihren Blick noch in meinem Rücken. Und dann beschleunige ich ein wenig mehr. Nur raus.

Erst als ich am See ankomme, mache ich Halt und setze mich auf eine der Bänke. Mittlerweile sind ein paar Kinder auf der Eisfläche. Der kleine Henry wird es hier in Lillaström gut haben.

18

NIKLAS

Der leichte Schnee, der fröhlich in der Sonne tanzt, bildet einen harten Kontrast zu Linni, die mit hängenden Schultern gedankenverloren auf den See hinausstarrt.

Ich trete an sie heran und sie blickt mich müde an. »Darf ich mich setzen?« Sie nickt. »Anna hat erzählt, du warst im Hotel. Warum hast du nichts gesagt?«

Nervös knibbelt Linni an ihrer Unterlippe.

»Du hast Sam und Henry gesehen, nicht wahr?«, versuche ich, es ihr leichter zu machen.

Sie nickt erneut und lächelt schwach. »Ich wollte nicht an deiner Tür stehen und lauschen. Ich …«

Ich ergreife ihre Hand, die in einen dicken Handschuh eingepackt ist. »Das weiß ich. Der Besuch der beiden war auch für mich überraschend, ich möchte, dass du das weißt.«

Sie sieht mich geradeheraus an. »Das glaube ich dir und dennoch macht es keinen Unterschied.«

»Was meinst du damit?«, frage ich mit gerunzelter Stirn.

Linni atmet tief durch. Sie sieht wieder hinaus auf den See. »Bedelia hat meine Bilder auf dem Weihnachtsmarkt verkauft. Wusstest du das?«

Irritiert schüttle ich den Kopf, weil ich nicht die leiseste Ahnung habe, worauf sie hinauswill. »Nein. Du hast nichts dergleichen erzählt.«

»Weil ich es für unwahrscheinlich gehalten habe, dass sich irgendjemand für meine Bilder interessieren könnte.«

»Aber sie wurden verkauft. Das ist …«

»Die Geschäftsführung von Coffee Crush war hier im Ort und hat alle sechs Bilder für knapp 40.000 Kronen gekauft.«

Sofort springe ich auf und breite die Arme aus. »40.000 Kronen? Das ist großartig!«

Sie lächelt schwach und macht keine Anstalten aufzustehen, um mir in die Arme zu fallen.

»Das heißt, du kannst mit dem Geld einiges am Bed and Breakfast reparieren. Das ist toll, das wolltest du doch die ganze Zeit.«

Linnis Augen schwimmen in Tränen und ich setze mich irritiert. »In den letzten Tagen haben sich die Ereignisse überschlagen – nein, was sage ich. In den letzten beiden Wochen. Ich male wieder, Niklas, und ich liebe es und nicht zuletzt hast du Anteil daran, dass ich mich wieder lebendig fühle. Aber ich habe auch begriffen, dass ich nicht mehr für das Bed and Breakfast verantwortlich sein will. Ich möchte nicht jeden Morgen kämpfen, um ein paar wenige Kronen abbezahlen zu können. Ich möchte nicht mehr für Pappa verantwortlich sein. Ich weiß, es klingt egoistisch, aber die Tatsache, dass wir das Sundberghus verkaufen müssen, macht mich glücklich, weil es mir ermöglicht, Dinge zu tun, die ich viel zu lange hintenangestellt habe. Ich habe unserer Bank bereits den Auftrag gegeben, einen Makler zu engagieren, der das Bed and Breakfast verkaufen soll.«

»Du hast was? Ist das nicht ein wenig voreilig? Ja, ich halte es für eine gute Idee, wieder zu malen. Aber …«

»Eva Persson hat mir ein Angebot gemacht, das ich nicht ablehnen kann und auch nicht will. Sie möchte, dass ich für alle Filialen in Schweden Bilder male.«

Mein Herz vollführt Purzelbäume vor Stolz und dennoch ist ein Teil von mir verwirrt. »Das ist eine großartige Chance. Warum freust du dich denn gar nicht?«

»Das tue ich, aber das bedeutet auch, dass ich Menschen, die ich liebe, verletzen muss.«

Ich nicke, denn wer könnte sie besser verstehen als ich? Immerhin war ich es, der damals ohne Rücksicht Lillaström verlassen hat, um meinen Traum in den Vereinigten Staaten zu leben. »Willst du wegziehen?«, überkommt mich der Gedanke.

Sie zuckt die Schultern. »Ich weiß es nicht. Aber ich möchte die Möglichkeit haben, endlich zu tun, wovon ich träume. Das Angebot ermöglicht mir genau das. Und ja, malen kann ich überall. Es ist schön und aufregend, nicht zu wissen, was die Zukunft bringt. Auch wenn das jeder egoistisch finden wird.«

»Das ist nicht egoistisch und nichts, das dir ein schlechtes Gefühl geben muss. Du hast für das Sundberghus alles getan, was in deiner Macht steht. Und du solltest, nein, du musst das Angebot von Eva Persson annehmen. Das Malen hat immer zu dir gehört und es wird keiner wütend deshalb sein. Es ist wichtig, dass du mit deinem Vater darüber sprichst und mit Bjorn und Lovisa.«

»Das hoffe ich. Denn wenn ich eines weiß, dann dass ich diese Chance ergreifen muss. All die Abenteuer, die auf mich warten.« Mit einem Mal spricht sie leiser, als wolle sie dem, was sie gleich sagt, das Gewicht nehmen.

»Allein?«, frage ich und ahne es bereits.

Linni weicht meinem Blick aus. »Im Moment glaube ich, dass es für uns beide der falsche Zeitpunkt ist. Ich stehe dir ohnehin nur im Weg. Du hast hier in Lillaström endlich ein Zuhause gefunden und deine Familie, Sam und Henry, brauchen dich. Und du brauchst sie.«

Ich hebe die Hand und sie schweigt. »Du bist ebenso meine Familie. Du und ich, das ist nicht weniger wert. Ich lasse nicht zu, dass du einfach so diese Beziehung beendest.«

»Beenden? Waren wir denn wirklich zusammen? Wir hatten keine Chance. Früher nicht und heute ebenso wenig.«

Nervös fahre ich mir durchs Haar. Meine Gefühle mischen sich zu einem Cocktail aus Wut und Traurigkeit, weil ich ahne, dass ich rein gar nichts gegen ihre Entscheidung unternehmen kann. »Warum gibst du uns allen nicht zumindest eine Chance? Ich verstehe, dass du deinen Weg gehen willst, und das macht mich glücklich. Aber dennoch gibt es Menschen, die dich lieben. Womit haben wir es verdient, dass du uns dermaßen ausschließt? Sam und Henry sind nichts als eine Ausrede, die dir gerade recht kommt. Aber was willst du deinem Pappa erzählen und deinen Geschwistern?« Meine Stimme überschlägt sich. Ich kann es nicht ertragen, die Kontrolle zu verlieren.

»Das ist nicht fair«, flüstert sie.

Ich schließe einen Moment die Augen und greife nach ihrer Hand. »Es tut mir leid, ich habe überreagiert. Aber hast du es denn vergessen? Solange der Himmel grün …«

»Hör auf damit«, stoppt Linni mich mit festem Ton. »Das sind nichts als leere Worte, die leicht klingen. In der Realität ist es immer schwer und anstrengend zwischen uns. Vielleicht ist es an der Zeit zu akzeptieren, dass das Leben eine andere Bestimmung für uns hat.«

Ich kann nicht glauben, dass sie das wirklich ernst meint. Sie steht auf und ich halte sie an ihrem Mantel fest. »Und das war es jetzt für dich? Du gibst uns kampflos auf?« Ich stehe nun ebenfalls auf. Habe ich mich so sehr getäuscht und mehr in uns gesehen? »Sag mir, dass du mich nicht liebst.«

Erneut weicht sie meinem Blick aus, sieht auf die glitzernde Eisplatte des Sees hinaus, auf der die spielenden Kinder sich in einer völlig anderen Welt befinden.

Ihr Schweigen trifft mich wie ein Donnerschlag. Wie konnte ich nur so dumm sein? »Warum? Willst du mich bestrafen für damals, weil du glaubst, ich wäre daran schuld, dass sich dein Leben nicht nach deinen Vorstellungen entwickelt hat?« Meine Stimme wird lauter, ich habe es einfach nicht mehr unter Kontrolle.

Sie reckt mir ihr Kinn entgegen. »Du kannst dir alles so schönreden wie du möchtest. Ich habe gekämpft, all die Jahre, für meine Familie. Wann wirst du verstehen, dass es neben mir und dir in meinem Leben noch so viel mehr gibt, Niklas? Nein, es geht nicht um die Vergangenheit. Endlich geht es um die Zukunft. Um meine Zukunft und um deine. Sam und Henry sind es, um die du dich jetzt kümmern musst. Mach es nicht schwerer, als es ist.«

»Ist es das für dich? Schwer? Elina, was beweinst du? Unsere Liebe, die erneut keine Chance hat, oder das Gefühl, mit dem Bed and Breakfast versagt zu haben? Denn wenn das, was du sagst, wahr wäre, gäbe es keinen Grund für Tränen.«

Sie öffnet den Mund für einen Moment und schließt ihn dann wieder. »Es ist vorbei«, sagt sie so kühl, dass für einen Augenblick das Herz in meiner Brust gefriert. Und dann lässt sie mich stehen und geht davon.

Ich blicke ihr nach und weiß genau, hinterherzugehen ändert nichts. Jetzt nicht. Sie muss es für sich entscheiden. Allein.

Linni ist längst fort und trotzdem habe ich unser Gespräch noch nicht verdaut. In mir gibt es zu viele Fragen, Dinge, die ich nicht verstehe. Vielleicht ist es nicht richtig und womöglich greife ich ihr vor, doch es gibt nur einen Menschen, der wirklich an Linni herankommt.

»Sie will was?«, ruft Lovisa schockiert aus.

»Mit dir hat sie also noch gar nicht gesprochen?«

»Nein. Aber wie stellt sie sich das vor, und warum, verdammt, spricht sie nicht mit uns?«

»Du kennst sie doch. Sie will euch nicht belasten und möchte selbst Verantwortung übernehmen«, verteidige ich sie.

»Und was ist mit Pappa?«

Ich zucke die Schultern. »Sie meint, sie wird für euren Vater eine Lösung finden. Aber ich denke, sie wird nicht vorhaben, mit ihm zusammenzuziehen oder ihn mit auf Reisen zu nehmen.«

Im Hintergrund kann ich hören, wie Lovisa durch den Schnee stapft. »Versteh mich nicht falsch. Ich freue mich von ganzem Herzen für Elina. Sie muss das Angebot unbedingt annehmen, aber so ganz ohne Planung? Was ist nur in sie gefahren?«

Ich schlucke. »Als sie vorhin hier im Hotel war, hat sie Sam und Henry gesehen«, erkläre ich.

»Oh«, sagt Lovisa und schweigt dann. »Lass ihr Zeit, Niklas. Die letzten Wochen waren einfach sehr viel für sie. Ich werde mit ihr sprechen, vielleicht finde ich eine Möglichkeit, sie zur Vernunft zu bringen. Ich kann mir vorstellen, dass es ihr hilft, wenn sie versteht, dass wir nicht wütend auf sie sind, sollte sie sich gegen die Führung des Bed and Breakfasts entscheiden. Wobei ich mir bei Pappa tatsächlich nicht sicher bin. Mist!« Sie seufzt. »Danke, dass du mich informiert hast. Wir bleiben in Kontakt, ja?«

Ich schlucke. »Elina kann sich glücklich schätzen, eine Schwester wie dich an ihrer Seite zu haben. Danke, dass du dich um sie kümmerst. Und ich werde sie so lang es nötig ist in Ruhe lassen. Aber einen Gefallen müsstest du mir tun, vielleicht kann ich euch dennoch helfen.«

»Klar, welchen?«

»Finde heraus, welchen Makler sie für den Verkauf beauftragt hat.«

»Das mache ich.«

»Und eines noch. Ich möchte mit dir, Bjorn und deinem Vater sprechen. Kannst du das in die Wege leiten? Gern hier im Hotel.«

19
ELINA

»Versteckst du dich vor mir?« Erschrocken drehe ich mich zu Lovisa um, die die Leiter heraufklettert. »Was tust du hier auf dem Dachboden?«

Ich schlucke und lege die wenigen alten Kleidungsstücke von Mamma in die Kiste zurück.

Sie kommt zu mir herüber, greift nach einem der Fotoalben, das sie dann vorsichtig durchblättert. »Manchmal vermisse ich sie so sehr, dass es weh tut.«

Ich schlucke und atme tief durch. »Geht mir genauso. Egal wie anstrengend der Alltag mit uns dreien oder wie sehr sie auch gestresst vom Bed and Breakfast war, wenn irgendetwas mit uns war, hat sie sich die Zeit genommen. Dann hat sie uns eine heiße Schokolade gekocht und uns mit Rat und Tat zur Seite gestanden.«

Lovisa lacht leise. »Oft kam sie gar nicht dazu, mir einen Rat zu geben, weil ich so lang auf sie eingeredet habe, bis ich eigentlich selbst eine Lösung gefunden habe. Aber sie wusste von Anfang an, dass Sven nicht der Mann für mich war.«

Erstaunt sehe ich Lov an. »Das wusste ich nicht, hat sie versucht, dich von ihm abzubringen?«

Verträumt schüttelt sie den Kopf und blättert die alten, vergilbten Seiten des Albums um. »Das hätte sie nie getan. Sie wollte immer, dass wir selbst herausfinden, welcher der richtige Weg für uns ist, auch wenn das bedeuten könnte, eine falsche Entscheidung zu treffen.« Sie seufzt, legt das Album zurück an seinen Platz und reicht mir ihre Hand. »Elina, ich könnte es dir nie übelnehmen, wenn du tust, was dein Herz von dir will.«

Ich atme tief durch. »Niklas hat mit dir gesprochen«, stelle ich fest. Weshalb wundert mich das nicht?

»Es geht ihm nicht sehr gut. Und er will dir helfen.«

»Wann versteht er, dass ich keine Hilfe brauche? Es läuft in meinem Leben endlich so, wie ich es mir schon immer gewünscht habe.«

»Tatsächlich?«

»Das mit dem Bed and Breakfast tut mir leid. Ich hätte euch früher sagen müssen, wie schlimm es wirklich darum steht. Ihr alle habt euch so große Mühe gegeben, Geld für die Renovierungen zusammenzubekommen.«

»Warum dann die Heimlichkeiten?«

Ich setze mich auf einen der Stapel aus Kisten, was eine dicke Staubwolke durch die Luft wirbeln lässt. Hier oben ist es so kalt, dass unser Atem kondensiert, doch in diesem Moment spüre ich die Kälte nicht. »Der Gedanke, dass du nicht bleiben wirst, sobald du erfährst, dass alle Bemühungen sinnfrei sind ... Ich ertrug das nicht.«

Lovisa setzt sich ebenfalls. »Du musst aufhören, die Dinge mit dir selbst auszumachen. Wir sind eine Familie, wir sprechen miteinander. Auch wenn das bedeutet, dass mal die Fetzen fliegen. Außerdem wird sich nie etwas zwischen uns ändern. Du bist immer meine Lieblingsschwester.«

»Vor Jahren habe ich mir gewünscht, dass du und Niklas diese Einstellung schon verinnerlicht hättet. Leider war das nicht die Realität.«

»Du hast recht und das waren Fehler. Niklas und ich haben falsche Entscheidungen getroffen. Mach nicht dieselben.«

»Hat er dir von dem Angebot erzählt?«

Lovisa nickt heftig und an ihren strahlenden Augen erkenne ich, dass sie sich für mich freut. »Das ist großartig, Elina. Und ich finde, da gibt es nichts drüber nachzudenken. Nimm es an, male, werde glücklich. Ich wünsche dir wirklich von ganzem Herzen, dass es dir gut geht. Auch wenn ich mir nicht sicher bin, ob die Entscheidung, Niklas aus deinem Leben zu streichen, die richtige ist.«

»Alles zwischen uns ist so wahnsinnig kompliziert, Lovisa.«

»Vielleicht muss es das sein, damit es später leicht wird.«

Eine Weile hänge ich meinen Gedanken nach, bis Lovisa aufsteht und sich die Hände reibt. »Hier oben ist es viel zu kalt. Willst du nicht wieder mit runtergehen?«

Ich schüttle den Kopf. »Ich bleibe noch eine Weile und räume etwas auf. Geh ruhig.«

»Gut. Ich bin heute Nacht nicht da, also warte nicht auf mich.« Sie grinst und ich kann mir vorstellen, dass sie die heutige Nacht nicht allein verbringen wird. Sie dreht sich um, um die Treppe rücklings nach unten zu steigen. »Elina, kümmere dich um deinen Auftrag. Morgen stoßen wir darauf an. Und lass dir endlich helfen. Ich kläre das mit Bjorn, Pappa und dem Makler, dann kannst du dich darum kümmern, wie es bei dir weitergeht.«

Überrascht blicke ich sie an. »Das würdest du tun? Danke.«

Sie winkt ab und steigt nun hinab.

Keine fünf Minuten später klingelt es Sturm an der Tür. Seufzend packe ich schnell alles zusammen. Mittlerweile spüre ich meine Finger kaum noch vor Kälte.

Erneut klingelt es.

»Ja, ja! Ich komme schon«, rufe ich und schließe die Luke zum Dachboden. *Bestimmt ist das Lovisa, die irgendetwas vergessen hat*, denke ich und sprinte mit wenigen Sätzen zur Tür, um sie aufzureißen.

Erschrocken verharre ich in meiner Bewegung und starre die Frau an, die vor mir steht.

»Hi, I'm Sam. Bist du Linni?«, fragt sie in gebrochenem Schwedisch.

Es dauert ein wenig, ehe ich endlich wieder Worte finde. »Ja, ähm … Niklas ist nicht hier.«

Sie lacht laut. »Das weiß ich. Ich möchte auch nicht zu ihm, sondern zu dir. Ich glaube, es gibt einiges, das wir besprechen sollten. Lass uns dazu etwas essen, darf ich dich einladen?«

Ich zögere.

»Komm schon, Elina, bitte gib mir die Chance, mich dir vorzustellen. Ich bevorzuge es, wenn du dir über mich erst ein Bild machst, wenn du mich kennengelernt hast.«

»Gut. Ich habe heute ohnehin noch nichts gegessen«, gebe ich nach. Mit einem mulmigen Gefühl im Bauch hole ich meine Jacke und trete dann in die klirrend kalte Abendluft.

»Ist das immer so kalt bei euch?«, beginnt sie den Smalltalk, während wir zum Auto gehen.

»Es ist Winter«, gebe ich schnippischer zurück, als ich möchte. Dass ich gerade mit dieser Sam essen gehe, fühlt sich mehr als seltsam an.

»Bei uns in Kalifornien ist es theoretisch auch Winter und definitiv kälter als im Sommer. Aber das hier …«

Ich zucke die Schultern. Nach einigen schweigsamen Minuten im Auto kommen wir endlich am Little Italy an. Wenn ich Glück habe, hat Nils keinen Tisch mehr für uns frei.

Ernüchtert stelle ich fest, dass dies nicht der Fall ist.

Nils kommt mit langen Schritten auf uns zu und öffnet seine Arme weit, um erst mir und dann Sam übertrieben freundliche Küsschen in italienischer Manier auf die Wangen zu drücken. Sein imposanter Bart kratzt dabei auf meiner kalten Haut. »Benvenuto, herzlich willkommen, meine verehrten Damen. Wie geht es dir, Elina, im Sundberghus alles in Ordnung? Die Auktion war ein voller Erfolg. Da freue ich mich für euch.«

»Danke. Alles in Ordnung.«

Er nickt freundlich und wendet sich dann an Sam. »Und diese hübsche Frau? Dich sehe ich zum ersten Mal. Eine Freundin von dir?«, fragt er mich, ohne den Blick von der zugegeben wirklich attraktiven Sam zu nehmen. Verdammt!

»Ich bin eine Freundin von Niklas«, erklärt Sam, ohne dass ich eine Chance habe, Nils zu antworten. Sofort bohrt sich ein Pfeil getränkt mit bitterer Eifersucht direkt in mein Herz.

Kurz fährt er sich erstaunt über den Bart und sieht mich fragend an. Ich gehe nicht auf seine Reaktion ein. Was für eine bescheuerte Idee zuzusagen und mit Sam hierherzukommen. »Für zwei?«

Nils bietet Sam seinen Arm an und ich folge den beiden zu dem Tisch, den er für uns ausgesucht hat. Ich bin jetzt schon genervt. Zum Glück dauert es nicht allzu lange, bis er uns eine Flasche Wein bringt, deren erstes Glas ich in einem Zug leertrinke.

Sam quittiert es mit einem herzlichen Lachen. »Niklas hat dein Temperament bereits erwähnt. Das gefällt mir.«

»Hat er das? Von dir hat er nichts erzählt«, erkläre ich und schenke erneut ein.

Sam legt den Kopf schief und sieht mich mit ihren katzenhaften, grünen Augen prüfend an. »Das hat er für dich, für euch getan. Er wollte dir in Ruhe von uns erzählen und dich nicht vor den Kopf stoßen«, gibt Sam zu bedenken.

»Hat er dir das auch erzählt?«, frage ich und spüre, wie das Gift der Eifersucht von meinem Herzen in jede Zelle meines Körpers dringt.

Wenn Sam merkt, wie wenig Spaß ich daran habe, mit ihr Smalltalk zu führen, gibt sie es nicht zu erkennen. Sie lächelt freundlich, erzählt mir, dass sie noch nie so leckere Pizza gegessen hat, und bewundert meine blauen Augen. Langsam merke ich, wie der

Wein in meinem Blut wirkt und meine Zunge lockert.

»Vielleicht möchtest du mir etwas über die letzten Jahre erzählen, wenn Niklas es nicht tut. Seit wann kennt ihr euch?«

»Seit circa neun Jahren. Er war schon fast ein Jahr in den Vereinigten Staaten, als wir uns kennenlernten. Wir haben uns sofort verstanden. Er war ein wenig verloren und hat nicht wirklich Anschluss gefunden. Um ehrlich zu sein, war ich auch nie der Typ für große Partys und war lieber für mich. Bis er in mein Leben trat.«

Mir wird ein wenig übel und ich presse die Lider zusammen, um sie nicht allzu verschwommen zu sehen.

»Und du?«

»Ich bin überwiegend allein.«

Sam zieht die Brauen hoch. »Nein. Ich meine, wie lange kennst du Niklas?«

»Davon hat er dir nicht erzählt?«

Sam sieht mich nachdenklich an und legt ihre Serviette auf den leergeputzten Teller. Dann verschränkt sie ihre Finger miteinander und beugt sich ein wenig über den Tisch. »Warum kannst du mir und Henry keine Chance geben? Ich bin bereit, um dein Interesse zu buhlen, wenn das sein muss. Und weißt du auch warum? Weil ich Niklas liebe.« Sie hat den Satz kaum ausgesprochen, da krampft mein Herz schmerzhaft in meiner Brust. »Nein, Linni. Nicht so, wie du es denkst. Ich liebe ihn als einen der wichtigsten Menschen in meinem Leben neben Henry. Und ich erkläre dir gern, was ich unter Liebe verstehe.«

Ich schlucke, schweige aber. Der Ton in ihrer Stimme und ihr eindringlicher Blick lassen keine Widerrede zu.

»Menschen, die einander lieben, stehen füreinander ein, sie verzeihen einander, nicht einmal, nicht zweimal, nein, solange es nötig ist. Und sie beschützen einander. Dieses Verständnis für Liebe teilen Niklas und ich.« Sie lehnt sich in ihrem gepolsterten Stuhl zurück, lässt mich nicht aus den Augen. »Im Moment habe ich keinen blassen Schimmer, warum Niklas dich liebt. Aber ich wünsche mir, dass du es mir zeigst. Es ist mir völlig egal, wie lange du ihn kennst, solange du ihn nicht verletzt. Wenn das klar ist, haben wir kein Problem miteinander.«

Sprachlos starre ich sie an, ehe sie mich versöhnlich anlächelt.

»Niklas ist nicht mehr der Mann, der er vor zehn Jahren war, als er dich verlassen hat. Lass die Vergangenheit ruhen und vertraue auf die Dinge, die nur die Liebe zu regeln vermag. Schon möglich, dass es nicht leicht ist. Aber Linni, wenn ihr das möchtet, werde ich immer für euch da sein und euch dabei unterstützen. Niklas liebt dich, doch im Moment leidet er. Das, was euch verbindet, ist etwas Gutes. Nicht jeder hat in seinem Leben das Glück, wie ihr es haben könntet, würdet ihr euch nicht selbst im Weg stehen. Er liebt dich und du liebst ihn, also steht füreinander ein und ich bin da, wenn ihr mich braucht. Das ist Familie, das ist Liebe.«

Heiß rinnen Tränen meine Wangen hinunter und in dem Moment, als Sam mir die Hand über den Tisch reicht, bricht ein Damm in mir und spült alles Gift der Eifersucht hinaus.

»Danke«, flüstere ich.

20

ELINA

»Man hat immer eine Wahl, Elina.«

»Ach ja, und die wäre?«, pflaume ich Pappa an, der im Auto neben mir sitzt. Ich ärgere mich immer noch darüber, dass Lovisa ihn nicht mitgenommen hat. Jetzt muss ich mir den ganzen Weg ins Maklerbüro über seine Vorwürfe anhören. Warum konnten wir uns nicht einfach alle im Bed and Breakfast treffen?

Das Navi zeigt noch knapp fünf Kilometer. Genug für Pappa, mich um den Verstand zu bringen.

»Ich werde das für uns regeln«, sagt er selbstzufrieden.

Nicht fragen, nur nicht fragen, denke ich. Mit meinem Zeigefinger tippe ich nervös gegen das Lenkrad. Wahrscheinlich wird er mir in den nächsten Sekunden von seiner glorreichen Idee erzählen.

Wider Erwarten starrt er aus seinem Beifahrerfenster und schweigt. Soll mir recht sein. Ich sinke noch ein wenig tiefer in meinen Autositz und schalte die Musik an.

Spätestens jetzt weiß ich, dass etwas nicht stimmt. Pappa macht keine Anstalten, das Radio auszuschalten oder zumindest einen anderen Sender zu suchen. *Was führst du nur im Schilde?*

Am Parkplatz angekommen, warten bereits Lov und Bjorn auf uns. Die Wolken hängen tief und grau, passend zur Stimmung am heutigen Tag.

»Hej«, sage ich leise. Bjorn nickt und weicht meinem Blick aus. Zumindest Lovisa lächelt mich aufmunternd an, während Pappa irgendetwas vor sich hin brummt.

»Bin gespannt, wer sich für das Grundstück interessiert.«

Analytisch scanne ich den Parkplatz. Keines der Autos kommt mir bekannt vor. »Das werden wir gleich sehen. Wollen wir rein?«

Mein Herz wird schwer, als wir die Treppen zum Maklerbüro hinaufgehen. Wie lange waren wir als Familie nicht mehr richtig zusammen? So habe ich mir das allerdings nicht vorgestellt. Pappa sieht um Jahre gealtert aus und Bjorn redet nur das Nötigste mit mir. Da ist mir Pappas Reaktion weitaus lieber. Auch wenn es wehtut, dass er offensichtlich denkt, ich hätte unser Haus, das seit Generationen in der Familie liegt, an den Nagel gehängt, kann ich damit zumindest etwas anfangen.

Ohne Lov wäre mir das alles zu viel. Sie ist im Moment mein einziger Halt und ich bin froh, dass sie die Organisation bezüglich des Verkaufs übernommen hat.

»Schön, dass ihr es einrichten konntet«, begrüßt uns oben angekommen Dr. Blom, der Makler. »Bitte hört euch das Angebot in Ruhe an. Eines kann ich euch gleich sagen, etwas Besseres werden wir nicht kriegen.«

Pappa grinst ihn ungewohnt fröhlich an, was meinen Eindruck verstärkt, dass ich mich noch wundern werde. Es gehört nicht gerade zu seinen Fähigkeiten, mit etwas hinterm Berg zu halten. Mein Bauch zieht sich leicht zusammen. Hat Niklas das nicht immer von mir behauptet? Ich bestünde auf meiner Meinung, wenn ich mir sicher bin, dass ich recht habe oder meine Lösung die beste wäre? Wie auch immer.

Ich hole tief Luft und setze mich mit den anderen an den großen Tisch.

»Der Investor wird in circa zehn Minuten hier sein. Bedient euch, ich bin gleich wieder da.«

Bjorn lässt sich nicht lange bitten und nimmt sich eine der Wasserflaschen, die auf dem Tisch steht. Ich bin so müde. Nicht nur, dass sich dieser nervige Termin quälend in die Länge zieht. Es ist alles, die ganze Scheißsituation. Seit dem Essen mit Sam war es unmöglich, mich auf meine Bilder zu konzentrieren, dabei möchte ich Eva Persson so schnell wie möglich Nachschub bieten.

Sams Worte haben sich in meine Gedanken gebrannt. Und ja, ich vermisse Niklas jede Minute, in der ich nichts von ihm höre.

Die Grübeleien der Nacht fordern ihren Tribut und intensivieren meine Kopfschmerzen. Aus meiner Tasche krame ich eine Schmerztablette, die ich in einem Glas Wasser auflöse. Bjorn sieht wie gebannt auf sein Handy, während Lov mit Pappa tuschelt. Ich will gar nicht wissen, worum es geht.

Einige Minuten später höre ich Stimmen. Die von Dr. Blom und von … Kann das sein? Ein kleiner Teil von mir hat sich so etwas gedacht, wollte es aber nicht wahrhaben.

Tatsächlich steht Niklas schon wenige Sekunden später vor uns. Wütend blicke ich von ihm zu den anderen. Sie weichen mir aus. »Ihr habt davon gewusst?«, zische ich.

Lovisa reibt ihre Lippen aneinander.

»Du auch?«

Sie zuckt die Schultern. »Hör es dir zumindest erst mal an. Bitte!«

»Beruhig dich, Linni. Keiner wird euch etwas wegnehmen«, verspricht Niklas und lächelt.

Ich komme nicht dazu etwas zu entgegnen, weil Pappa bereits hinter Niklas steht, und ihm kumpelhaft auf die Schulter klopft. Keiner scheint sich über die abstruse Szenerie zu wundern. Warum, verdammt, bin ich nicht im Bilde? Aber gut, dann werde ich mir anhören, was dieser Makler und Niklas zu erzählen haben. Wobei meine Meinung offenbar ohnehin keine Rolle spielt. Ein Cocktail aus schmerzender Zurückweisung und Wut braut sich in mir zusammen und ich schlucke die Worte herunter, die mir auf der Zunge liegen.

Einfach mal zuhören, gut.

Funktioniert leider nicht. Zumindest bekomme ich nur die Hälfte von dem mit was der Makler uns erzählt. Ich kann nicht glauben, dass meine Familie mich so im Dunkeln stehen lässt und dann auch noch mit Niklas unter einer Decke steckt. Ich komme mir vor wie in einer Seifenoper, nur dass die Leute an diesem Tisch die Darsteller sind und ich nichts weiter als eine Zuschauerin, die die letzten Folgen verpasst hat.

Schockiert beobachte ich das Schauspiel. Blom erzählt von einem Angebot und reicht Pappa einen Umschlag. Er steckt ihn ein. Alle tauschen ein paar Worte aus und stehen dann auf.

»Meine Kinder und ich werden alles in Ruhe besprechen und melden uns spätestens zum Wochenende bei dir.«

Der Makler grinst und sieht Niklas mit einem offenen Lächeln an. Er erwidert es nicht, sondern schaut stattdessen fragend zu mir herüber.

Mir ist übel. Ich schnappe mir meine Tasche. »Komm mit«, zische ich, woraufhin Lovisa die Stirn in Falten zieht, mir aber folgt. Vor der Tür gehe ich nervös auf und ab. »Warum hast du mir nichts von der Sache erzählt, Lovisa?«

Sie legt den Kopf schief und sieht mich so mahnend an, dass ich mir nicht mehr sicher bin, wer von uns die ältere Schwester ist. »Hättest du dann zugestimmt?«

»Nein.«

»Siehst du.«

»Sehe ich was? Ist das nicht Antwort genug?«

»Elina«, mischt sich jetzt Pappa ein und ich halte den Atem an, während er spricht. »Es ist immer noch mein Haus. Ich bin dir dankbar für alles, was du die letzten Jahre über für uns, speziell für mich getan hast. Und ich werfe dir nicht vor, dass du deinen eigenen Weg gehen möchtest. Deine Mamma hätte es so gewollt. Aber diese Entscheidung betrifft uns alle. Niklas' Angebot ist fair. Ich werde in unserer Wohnung leben können und unsere Familie hat die Chance, das Sundberghus zurückzuerwerben. Auch du könntest dein Zimmer behalten, wenn du möchtest. Wir können gern die Einzelheiten besprechen, aber sollte sich diese Möglichkeit für uns ergeben, werde ich unterschreiben.«

Pappa stapft, so gut es geht, zu Lovisas Auto.

»Scheinbar fährt er mit mir zurück«, stellt sie schulterzuckend fest. »Sehen wir uns im Haus?«

Ich bin nicht dazu im Stande, zu antworten.

Lovisa nimmt mich in ihre Arme und drückt mich fest an sich. »Pappa hat recht«, flüstert sie mir ins Ohr. »Du musst endlich loslassen, Linni. Lass los!«

»Linni!«, ruft Niklas hinter mir.

Kurz schließe ich die Augen, ehe ich mich umdrehe. Kann ich noch mehr ertragen? Ich bin so müde, müde, müde. »Was willst du?«

»Danke klingt in meiner Erinnerung anders.«

»Du willst, dass ich mich bei dir bedanke? Worüber sprechen wir hier? Darüber, dass du das Leben meiner Familie unter Kontrolle hast? War das von Anfang an dein Plan, das Sundberghus an dich zu reißen und dann Pappa gegen mich aufzuhetzen?«

»Hör endlich auf, Linni. Was ist mit dir los, dass du nicht aufhören kannst zu denken, dass sich alles stets um dich dreht? Während du deine Bilder malst, haben wir nach einer Lösung für deinen Vater gesucht, nach einem Ort, an dem er leben kann. Im Gegensatz zu dir hat die Sturheit ihn nicht komplett vernebelt.«

»Warst du es nicht, der immer gesagt hat, ich solle an mich denken, daran, was mir guttut?«

»Das stimmt, und ich bin nach wie vor stolz auf dich. Doch du musst loslassen, deine Geschwister sind erwachsen. Deinem Vater gehört das Sundberghus. Hier geht es nicht um dich. Ich möchte deiner Familie helfen, weil ich sie kenne, weil ich nicht möchte, dass irgendeine Baufirma unser Dorf verschandelt.

Weil sie deine Familie sind und du meine. Ich werde immer für dich da sein. Aber weißt du was, es liegt an dir, dein ganzes verdammtes Misstrauen endlich abzulegen. Deine Entscheidung!«

Niklas beugt sich zu mir herab und haucht mir einen zarten Kuss auf die Wange. Sofort möchte alles an mir ihm nah sein, so wie es immer ist, wenn er mich berührt.

»Ich liebe dich, Linni, und ich bin bereit, auf dich zu warten, bis sich die Dinge bei dir geregelt haben. Aber ich werde dir nicht nachstellen. Ich möchte, dass die Frau, die ich liebe, dasselbe für mich empfindet und wir uns auf Augenhöhe begegnen.« Er nimmt mich in den Arm und küsst meinen Scheitel, bevor er mich stehen lässt und geht.

Vor unserem Bed and Breakfast bleibe ich im Auto und blicke auf das Haus, in dem ich aufgewachsen bin. Natürlich dauert es nicht lange, bis Lovisa mich entdeckt. Mit festen Schritten stapft sie durch den Schnee zu mir herüber. Sie hat sich die letzten Jahre so sehr verändert und das nicht nur äußerlich. Sie ist längst nicht mehr die Prinzessin, für die sie alle gehalten haben. Um ehrlich zu sein, finde ich sie mittlerweile um einiges stärker als mich. Dabei war ich es immer, die sich vor meine Geschwister gestellt hat. Vor allem in den Jahren nach Mammas Tod übernahm ich die Rudelführung, während Pappa seine

Wunden leckte. Und doch ist alles, wofür ich gekämpft habe, umsonst gewesen.

Die offene Tür raubt das letzte bisschen Wärme, die das Auto in sich geborgen hielt. »Willst du hier übernachten?«

Ich antworte nicht, starre stattdessen aus dem Fenster.

»Los, steig aus, wir gehen was trinken. Nur wir beide.«

Ich drehe meinen Kopf müde in Lovisas Richtung. »Hab ich eine Wahl?«, frage ich und erkenne die Antwort schon an ihrem Gewinnerlächeln.

»Ich lade dich ein.«

»Auf die Kunst, auf die Zukunft und auf die Liebe!« Lovisa hält mir ihr Glas entgegen und ich lächle schwach. Ihre Wangen glühen.

»So glücklich habe ich dich schon lange nicht mehr gesehen«, stelle ich fest.

Sie zuckt die Schultern. »Ich genieße das Leben, das stimmt. Und ich bin froh, dass sich für alles eine Lösung gefunden hat.«

»Du meinst wegen des Verkaufs?«

»Klar! Pappa kann im Haus bleiben und Niklas hat versprochen, sich bei einem Geschäftsführer, den er einsetzen möchte, nur auf Konzepte einzulassen, die ins Dorf passen. Und dann kann ich noch immer nicht glauben, dass meine Schwester Bilder malt, die bald im ganzen Land zu sehen sein werden.« Noch einmal hebt sie das Glas und wir stoßen an.

Ich bin gerührt, wie sehr sich Lovisa für uns alle freut. Sie hat eine so großartige Lösung für jeden Beteiligten gefunden. Stolz erfüllt mich darüber, wie sehr sich meine kleine Schwester entwickelt hat, während ich mir mit meinem eigenen Stolz im Weg stand. Wie konnte das passieren? Wie konnte ich den Blick für die wesentlichen Dinge so sehr aus den Augen verlieren? Tief atme ich durch. »Ihr habt ja alle recht. Und wenn ich ehrlich bin, freue ich mich auch über die Entwicklungen«, gebe ich kleinlaut zu.

Lovisa nickt. »Ich bin übrigens fest davon überzeugt, dass du und Niklas ebenfalls eine Lösung findet.«

Mit dem Zeigefinger fahre ich über das Kondenswasser, das sich auf dem Tresen unter meinem Glas gebildet hat. »Das wäre schön. Aber ehrlich gesagt habe ich mich heute schon wieder so dämlich verhalten, an seiner Stelle hätte ich langsam keine Lust mehr auf mich.«

Sie lacht. »Zum Glück ist er nicht du. Du kannst das wieder geradebiegen.«

»Wenn ich nur wüsste wie«, gebe ich zu bedenken.

»Niklas liebt dich. Sei ehrlich zu ihm, öffne dich ihm. Mehr braucht es nicht.«

Ich atme tief durch. »Warum nur habe ich ihm schon wieder unbegründet Vorwürfe gemacht?«

»Mach dir nicht zu viele Gedanken. Niklas kennt dich gut genug, um zu wissen, dass du in Abwehrhaltung gehst, wenn du dich überrumpelt fühlst.«

»Das hast du nett formuliert«, sage ich und lache.

»Um ehrlich zu sein, haben wir mit viel größerer Abwehr von deiner Seite aus gerechnet.«

»Immerhin habt ihr euch darüber Gedanken gemacht.«

Lovisa legt den Kopf schief. »Es war mein Vorschlag, dich außen vor zu lassen. Aber ehrlich gesagt stehe ich immer noch zu meiner Entscheidung. Ich glaube, du brauchst diesen harten Abschluss im Bed and Breakfast. Du musst dich jetzt auf dich und deine Malerei konzentrieren.«

»Und du traust mir nicht zu, dass ich beides, den Verkauf des Sundberghus' und das Malen, schaffen kann?«

Lovisa reibt die Lippen aneinander. »Schaffen schon, aber das muss nicht sein. Du hast Familie, auf die kannst du dich verlassen. Dafür ist sie schließlich da. Ich weiß, das habe ich dir die letzten fünf Jahre eher weniger bewiesen. Aber so ist es. Ich …«

»Vier *Pfeif drauf, Schnaps*!«, ruft Anna hinter uns und ich drehe mich um.

Kaum habe ich sie erkannt, steht auch schon Sam vor mir und umarmt mich. »Linni, ich freue mich, dich zu sehen.«

Ich lächle, denn sie ist wirklich so herzlich, dass man kaum eine Chance hat, sich nicht von ihrer fröhlichen Art anstecken zu lassen.

Während Anna Sam den anderen an der Bar vorstellt, wandern meine Blicke über die Menge. Das Hörnan ist an diesem frühen Nachmittag noch nicht sehr voll, aber Niklas sehe ich nirgendwo.

»Er ist mit Henry Huskywelpen anschauen«, errät Sam meine Gedanken und hält mir den bestellten *Pfeif drauf, Schnaps* entgegen.

»Danke, für Schnaps ist es für mich noch ein wenig früh.«

Sie zuckt die Schultern und stellt das kleine Glas zurück auf die Bar.

Ich tippe Lovisa auf die Schulter, die in ein Gespräch mit Anna verwickelt ist. »Bin draußen«, forme ich lautlos mit den Lippen und zeige in Richtung Ausgang. Sie nickt.

Der Himmel ist klar und die ersten Sterne funkeln über mir. Tief atme ich ein, schließe die Augen und bin wieder in der Nacht, in der Niklas und ich die Polarlichter bewundert haben. Es ist so präsent, dass ich seine Arme spüre, die er um meine Hüfte legt, seinen Kuss auf meinem Scheitel. *Ich liebe dich*, höre ich ihn in Gedanken flüstern, während ich die Augen wieder öffne. Und mit einem Mal höre ich Bedelias Worte in meinen Gedanken: *Erkenne die Macht der Wahl.* Nie war etwas klarer als in diesem Moment. Es liegt an mir, es ist meine Entscheidung, Niklas und damit das Glück in mein Leben zu lassen. Jedes Atom in mir vibriert, bei der Erkenntnis, dass mein Herz meinen Willen weit voraus war. Doch Hier und Jetzt begegnen sie einander. Aus tiefster Überzeugung wähle ich die Liebe.

Ich ziehe mein Handy aus der Tasche und schreibe Lovisa: *Ich bin schon mal gegangen. Viel Spaß noch.*

Mein Herz überschlägt sich, während ich mich auf den Weg zu Andres' Huskyfarm mache.

21

NIKLAS

»Henry ist wirklich ein besonderes Kind.«

Ich blicke zu ihm hinüber, während er mit Hanna die Welpen bewundert. »Es ist toll, was aus ihm geworden ist, obwohl sein Vater und seine Großeltern bisher nichts von ihm wissen möchten. Seine Mutter ist eine Löwin.«

Andres nickt zustimmend. »Das glaube ich. Und es ist schön, dass sie dich an ihrer Seite hat.«

»Wenn Elina das nur auch so sehen würde«, sage ich und seufze.

Andres klopft mir aufmunternd auf die Schulter. »Die Zeit wird es zeigen. Ich kann Elina verstehen, mit Hanna und mir war es auch nicht einfach. Ein Kind in der Familie ist eine große Verantwortung.« Er lächelt und geht mit dem Glas Wasser, das er für Hanna geholt hat, zu ihr hinüber. Ich gönne den beiden das Glück von Herzen und doch ist da diese Traurigkeit in mir. Bleibt zu hoffen, dass Andres recht behält und sich alles zum Besten wendet.

In der Küche höre ich Susan und Lennart kichern. Dieses Haus ist so voller Liebe und das liegt nicht nur an der Vorweihnachtszeit und der imposanten Dekoration auf und um die Farm herum. Susan hat sich bereit erklärt, den Teig für die Kekse, die wir mit Henry backen möchten, vorzubereiten.

Ich setze mich zu den anderen auf den Boden und hebe Henry auf meinen Schoß.

»Nik, wenn wir zu dir ziehen, bekomme ich dann den da?« Er zeigt auf einen der Welpen und sieht mich flehend mit seinen grünen Augen an, die er eindeutig von seiner Mutter hat. Es ist wirklich schwer, ihm etwas abzuschlagen, aber ich kenne Sam, die gar nicht begeistert wäre.

»Die müssen noch ein wenig bei ihrer Mutter bleiben und wir wollen die Familie ja nicht auseinanderreißen.«

Henry sieht mich nachdenklich an und nur wenige Augenblicke später hat er offenbar die Lösung gefunden. »Dann nehmen wir zwei, damit sie nicht allein sind!«, beschließt er und wir lachen laut auf. Dann springt Henry auf und folgt einem der Welpen, der sich vom Rudel entfernt.

»Erwarten wir noch jemanden?«, will Hanna wissen, als es an der Tür klingelt.

Andres steht auf, um zu öffnen, da huscht Susan an ihm vorbei. »Ich geh schon.«

Trotz der Kälte, die die Winterluft durch die Tür in das Haus lässt, wird mir warm, als ich Linnis Stimme höre. Andres sieht mich fragend an, woraufhin ich die Schultern zucke. Susan schiebt Linni leicht in den Raum und unsere Blicke treffen sich. Sie lächelt schüchtern und auf der Stelle möchte ich zu ihr hinübergehen, um sie in den Arm zu nehmen.

»Ich hoffe, ich störe nicht, ich wollte nur …« Linni ringt merklich um die richtigen Worte, doch zum Glück ist Hanna sofort aufgestanden, um ihr die Jacke abzunehmen, nachdem sie mir zuzwinkert.

»Schön, dass du da bist. Möchtest du einen Tee trinken?«

Linni nickt. »Danke.«

»Mach es dir bei den anderen gemütlich. Der Tee kommt sofort.«

Sie streckt mir ihre Hand entgegen und ich ziehe sie zu mir.

Henry, der ganz ins Spiel mit den Hunden vertieft war, sieht jetzt auf. »Das sind Sky und Koko, und wenn ich im Sommer herziehe, dann sind sie groß genug, um mit mir in mein neues Zuhause zu kommen.«

Ich sehe zu Andres hinüber und zucke entschuldigend die Schultern. Dieser lächelt leicht.

»Das hört sich schön an und dann hast du gleich die ersten Freunde gefunden. Und wie heißt du?«, erkundigt sich Linni.

»Ich bin Henry.«

»Und ich bin Elina«, stellt sie sich vor und streicht ihm über das Haar.

»Backst du dann mit Nik und mir Kekse?«

Linni sieht mich mit einem fragenden Blick an. »Wenn ihr das möchtet?«

»Klar möchten wir das«, bestätige ich.

»Ich gehe mal zu meinem Pappa in die Küche hinüber, Susan hat erzählt, er ist hier.« Ich nicke, greife nach ihrer Hand, die ich dann ein wenig drücke, um sie zu ermutigen. »Danke«, flüstert sie und steht auf.

Die nächsten Minuten blicke ich immer wieder nervös Richtung Küche. Bei Linni und ihrem Vater ist es gut möglich, dass innerhalb kürzester Zeit eine mittelschwere Tragödie entflammt. Stattdessen unterhalten sie sich gelassen und lachen sogar hin und wieder.

»Komm, Henry, wir waschen uns die Hände, bevor wir mit dem Teig arbeiten.« Er lässt sich nur schwer von den Huskys trennen, doch als ich ihm erkläre, dass es ohne Händewaschen keine Kekse geben wird, trottet er mir hinterher.

Auf dem Weg zum Bad kommt Susan gerade aus der Küche. Sie wischt sich Tränen aus den Augenwinkeln.

»Ist alles in Ordnung bei Lennart und Elina?«

»Nein … Ich meine ja, es ist alles in Ordnung. Die beiden haben sich endlich versöhnt, Niklas. So viele Jahre haben sie verstreichen lassen und sich auseinandergelebt. Und jetzt bedurfte es nur weniger Minuten ehrlichen Gesprächs, um sich wieder zu vertragen.«

Ich lächle und bin nun selbst gerührt, nicht zuletzt von Susans emphatischem Wesen. »Das freut mich.«

Sie zwinkert mir zu. »Ihr schafft das auch. Übrigens ist der Teig bereit für die weitere Zubereitung. Lennart und ich fahren hinüber ins Sundberghus.«

Zusammen mit Henry gehe ich in die Küche, in der Linni gerade im Arm ihres Vaters liegt. Ihr Kopf an seiner Brust ist ein ungewohntes, aber herzzerreißend schönes Bild. Ich verabschiede mich von Lennart und merke, wie nervös ich plötzlich bin.

»Komm, ich heb dich auf einen Stuhl!«, ruft Linni Henry zu, der sich den hinuntergerutschten Pulloverärmel wieder hinaufzieht. »Warte, ich habe da einen Trick.« Sie nimmt zwei der Haushaltsgummibänder, die an einem Haken an der Arbeitsplatte hängen, und fixiert damit seine Ärmel, sodass sie nicht mehr hinunterrutschen können. Henry strahlt über das ganze Gesicht. »So ist das besser, das nervt mich nämlich immer, wenn die runterrutschen.« Linni hebt die Hand und Henry klatscht ein. Mein Herz wird weit beim Anblick der beiden.

»Darf ich auch mitmachen?«, frage ich und stelle mich zu ihnen.

Linni hält den Kopf schief und reicht mir ein Nudelholz, mit dem ich den Teig auf der bemehlten Arbeitsplatte ausrolle.

Die Zeit vergeht wie im Flug und nach einer halben Stunde sind wir drei voller Teig und Mehl, aber haben jeder ein Lächeln im Gesicht. Der köstliche, süße Duft des Gebäcks und die Wärme des Ofens schaffen eine mollige, vertraute Atmosphäre.

Linni hat Henry hochgehoben, um durch das Ofenfenster zu beobachten, wie die Herzen, Rentiere, Schneemänner und Sterne braun werden. Ich kann meinen Blick nicht von diesen beiden Menschen nehmen, die ich über alles liebe.

»Das riecht so verführerisch«, schwärmt Hanna, als sie in die Küche kommt und sich einen der Kekse nimmt, die bereits zum Auskühlen auf der Arbeitsplatte stehen. Ihre Augen werden weit, während sie genüsslich kaut. »Ihr dürft öfter zum Backen vorbeikommen«, bemerkt sie.

Henry hat seinen Kopf an Linnis Schulter gelehnt und die Müdigkeit ist ihm deutlich anzusehen. Hanna breitet die Arme aus, um ihn an sich zu nehmen. »Soll ich dir eine Geschichte vorlesen?«

Henry nickt. Doch bevor er sich auf den Boden stellen lässt, um mit Hanna an der Hand hinüberzugehen, küsst er Linni auf die Wange. Wir sehen den beiden hinterher, bis sie die Küche verlassen haben.

»Wollen wir ein wenig an die Luft?«, frage ich und deute zur Tür, die direkt in den Garten führt. Linni nickt und ich reiche ihr meine Hand, die sie, ohne zu zögern, nimmt. Ihre Haut an meiner zu spüren, elektrisiert mich wie immer.

Auf der überdachten Terrasse stehen wir nebeneinander.

»Ist dir kalt?«

»Nein. Ich bin vom Backen noch so warm, die frische Luft tut richtig gut. Aber wenn du mir die Frage stellst, weil du mich in den Arm nehmen möchtest, natürlich nur, um mich zu wärmen, nehme ich das dankend an.«

Ich lache leise, ziehe sie zu mir und schließe meine Arme um ihre Hüfte. Dann schmunzle ich.

»Warum lachst du?«, will sie wissen und dreht sich zu mir um.

»Du siehst nicht nur zuckersüß aus, jetzt riechst du auch so.«

Sie grinst. Unsere Nasenspitzen sind nur wenige Millimeter voneinander entfernt und die Nähe zu ihrem warmen Körper raubt mir beinahe den Atem. »Und wie schmecke ich?«, raunt sie.

Ich lasse mich nicht zweimal fragen, sondern liebkose ihre weichen, vollen Lippen.

»Danke, dass du an uns festgehalten hast, als ich zu schwach war. Es tut mir leid, dass ich so lange gebraucht habe, dir zu vertrauen. Aber eines ist mir klargeworden, ich möchte dich in meinem Leben haben. Du bist der Mann, den ich schon immer geliebt habe. Und nicht die Vergangenheit stand uns im Weg. Das war ich, ganz allein. Ich bin so stur, entschuldige, dass ich so lange gebraucht habe, das zu begreifen. Können wir von vorn anfangen?«

Von Linni zu hören, dass sie mich liebt, macht mein Herz so weit, dass es mir beinahe den Atem raubt. All die Anstrengungen und die Missverständnisse waren es wert, wenn aus ihr und mir endlich ein Wir wird. Noch nie habe ich so ein Glück empfunden, wie in diesem Augenblick.

»Nein. Denn ich möchte nichts zwischen uns missen. All die Dinge, die wir erleben, sind sie auch noch so aufreibend, formen uns zu den Menschen, die wir sind. Und ich möchte nichts an dir missen.«

Linni legt ihren Kopf auf meine Schulter. »Ich wünschte, das wäre mir früher bewusst gewesen.«

»Für Liebe gibt es kein Verfallsdatum. Wir stehen hier, oder nicht?«

Sie hebt ihren Kopf und lächelt. »Das tun wir.«

Trotz der schönen Backaktion lässt mich eines dennoch nicht los. »Und Sam und Henry?«, frage ich vorsichtig.

»Sam ist toll. Ich habe noch nie eine so taffe Frau erlebt. Sie trägt ihr Herz auf der Zunge, aber das mag ich. Und Henry – wie könnte man ihn nicht mögen? Du hast eine perfekte Wahlfamilie.«

»*Wir* haben eine perfekte Wahlfamilie.«

In diesem Moment kommen Hanna und Andres mit der kleinen Lilly im Arm und Henry nach draußen. »Ich bin müde«, jammert Henry und streckt seine Arme Linni entgegen, die ihn sofort hochhebt.

»Wir fahren nach Hause, ja? Lass mich dich ins Auto tragen, du bist doch schon so groß und ein bisschen zu schwer für Linni.«

»Kommst du mit uns mit?«, fragt er Linni, die ihn mit einem strahlenden Lächeln bedenkt.

»Klar komme ich mit.«

»Wir bringen Lilly ins Bett. Könnt ihr dann bitte einfach die Tür fest hinter euch schließen?«, bittet uns Andres.

»Kommt bald mal wieder vorbei. Ich bin keine besonders gute Köchin, aber ich übe«, lädt Hanna uns noch ein und verschwindet mit Lilly im Haus.

Gerade als wir losgehen wollen, schnellt Henry aus meinen Armen hoch. »Guck mal, Nik, da hinten, am Himmel!« Synchron drehen wir uns in die Richtung, in die er mit offenem Mund zeigt. »Was sind das für komische Lichter? Kommen jetzt Aliens?«

»Nein«, beruhige ich ihn. »Das sind Polarlichter.«

»Polarlichter«, wiederholt Henry staunend.

22

ELINA

Der Trubel hier auf dem Weihnachtsmarkt verspricht einen grandiosen Höhepunkt. So unauffällig wie nur möglich sehe ich in Richtung des Verstecks, in dem Lovisa auf mein Zeichen wartet. Dann entdecke ich sie und die Nervosität in mir steigt. *Wo ist der* Pfeif drauf, Schnaps*, wenn man ihn braucht?*, denke ich und atme tief durch. »Schau mal, da drüben ist noch Platz«, insistiere ich und zeige auf zwei der Stühle.

Niklas' Gesicht erhellt sich. »Da haben wir echt Glück gehabt, ganz vorn sogar.« Er dreht sich zu mir um und zieht mich eng an sich. »Wer hätte noch vor ein paar Wochen gedacht, dass wir uns zusammen auf dem Weihnachtsmarkt die Eiskönigin ansehen?«

Ich verdrehe die Augen. »Wenn ich so darüber nachdenke, wir können auch zu dir gehen«, witzle ich und er lacht.

»Kommt gar nicht in Frage. Jetzt, da du den Grinch endlich abgelegt hast, werde ich nicht zulassen, dass du ihn erneut zum Leben erweckst.«

Ich hebe die Hände. »Schon gut«, spiele ich ergeben mit und lache dann.

Während wir uns auf den Stühlen niederlassen, zwinkere ich Susan zu, die rechts direkt neben dem leeren Platz sitzt. Sie zwinkert zurück und ich hoffe, ihr breites Grinsen verrät mich nicht. Doch Niklas scheint nichts zu merken.

Von der Vorstellung bekomme ich nicht viel mit, sondern knibble mit meinen Zähnen nervös an meiner Unterlippe. Bis Lasse endlich eine kurze Pause des Musicals ankündigt.

»Ich hole uns was zu trinken, passt du auf unsere Plätze auf?«, frage ich so lässig wie möglich.

»Quatsch, bleib sitzen. Ich hole uns was. Glögg?«

Verdammt! Susan schaut mich nervös an.

»Bleib du nur hier, ich muss ohnehin die Toilette aufsuchen, hab heute so viel getrunken. Also …« Ich halte den Atem an, während ich auf eine Antwort warte.

»Gut, ich nehm gern Glögg. Aber beeil dich, bevor das Musical weitergeht.«

Zum Glück sind die Toiletten nicht in Sichtweite, denke ich und gehe in den hinteren Bereich, um mich auf der anderen Seite, ohne Niklas aus den Augen zu lassen, zurück nach vorn zu schleichen. Susan hat den Auftrag, alles zu tun, um ihn auf seinem Platz zu halten und ihn möglichst lange in ein Gespräch zu verwickeln. Vor allem aber, ihn zum Sitzenbleiben zu bewegen, wenn ich nach der Pause nicht zurückkomme. Hoffentlich klappt es.

Endlich hinter der Bühne, bin ich mir gar nicht mehr sicher, ob die Aktion eine gute Idee ist. Ich sollte in Zukunft keinen Sekt mit Lovisa trinken, um solche Coups zu vermeiden. Rückzug ist allerdings auch nicht mehr möglich, es sind bereits zu viele Leute involviert. Na ja, eigentlich nur ein paar, was aber durchaus schon reicht, um die wildesten Gerüchte an Niklas' Ohren kommen zu lassen. Dann ist das hier wohl das kleinere Übel.

Ich fahre mir durchs Haar und höre die Perlen wie eine Erinnerung an meinem Handgelenk klimpern. *Solange der Himmel sich grün zu färben vermag, ist alles möglich.* Also auch dass ich, Lillaströms bekanntester Grinch, in ein paar Minuten auf dieser Bühne stehen werde. Himmel!

Mein Herz überschlägt sich, als Lasse gegen das Mikrofon tippt und damit ein quietschendes Geräusch erzeugt. Ein Raunen geht durch die Menge, manche halten sich die Ohren zu. »Schön, dass ihr alle immer noch hier seid. Aber wo solltet ihr auch sonst sein, schließlich sind wir hier, um gemeinsam das Highlight unseres Weihnachtsmarktes zu feiern. Ich habe keine Kosten und Mühen gescheut, für euch einen Weihnachtsmarkt zu organisieren, der alle bisherigen übertrifft. Aber jetzt will ich euch nicht weiter langweilen, sondern überlasse die Bühne …«

Erneut quietscht es über die Lautsprecher, dann folgt Stille. Einige Augenblicke später ist er wieder zu hören. »Test, Test. Hört ihr mich besser?«, erkundigt er sich und ich rolle mit den Augen.

Bis zu meinem Auftritt in der letzten Szene des Stückes, habe ich noch ein wenig Zeit, dennoch mache ich mich schon mal auf die Suche nach meinem Kostüm und schminke mich. Laut Lasse gibt es für mich nicht allzu viel zu bedenken.

Dass ich nun aber gerade eine tanzende Schneeflocke in einem viel zu engem Kostüm spielen soll, ist mehr als peinlich. Ich werde mich bis auf die Knochen blamieren.

Während die Lillaströmer den Auftritt in vollen Zügen genießen, luge ich hinter dem Vorhang hervor. Mit warmem Herzen schweift mein Blick über die Zuschauer. Lillaström ist eigen, ja, aber es sind genau diese Eigenheiten, die es so herzerwärmend machen. Wenn es darauf ankommt, sind alle füreinander da, jeder gibt sein Möglichstes, seinen Beitrag in der Gemeinde zu leisten.

Dann heftet sich mein Blick auf Niklas, den Mann, den ich von ganzem Herzen und jede Minute liebe.

»Noch dreißig Sekunden«, wispert Lasse wichtigtuerisch den letzten Schauspielern zu, zu denen ich gehöre.

»Du weißt, was du zu tun hast?«

Ich schaue hinunter zur piepsigen Stimme, und somit zur siebenjährigen Mara, die ebenso eine Schneeflocke spielt. Ich zucke die Schultern. »Ich bin mir nicht ganz sicher, schließlich habt ihr eine ganze Weile für den Auftritt geübt, aber wenn es dir nichts ausmacht, halte ich mich an dich.«

Mara nickt eifrig. »Ich helfe dir! Tanz einfach genauso wie ich.«

Erleichtert nicke ich, nur um im nächsten Moment den Kopf zu schütteln. Ist es zu glauben? Ich trage ein verdammtes Schneeflockenkostüm und habe ein hellblau bemaltes Gesicht, das zu allem Überfluss silbern glitzert.

»Er wird dir nicht widerstehen können«, bekräftigt Lasse, der mir einzig und allein deshalb die Rolle gegeben hat, um am Ende sagen zu können, er wäre der fleischgewordene Amor, der nebenbei den Grinch geheilt hat. »Und ich habe am Ende Anteil an der Liebesgeschichte des Jahres, die genau hier, auf meiner Veranstaltung, ihren Anfang nimmt. Das wird eine tolle Schlagzeile geben.«

Wenigstens ist einer zuversichtlich. Ich schüttle den Kopf, während Lasse verträumt in die Ferne sieht. Das Klatschen der Menge weckt ihn aus seiner Träumerei. »Noch zwanzig Sekunden. Bereit?«

Das würde ich so nicht unterschreiben, folge aber den anderen Schneeflocken und tanze mit ihnen auf die Bühne, wobei ich mich an Maras Schritte halte.

Ich drehe mich nach rechts im Kreis, dann nach links, um danach die Position mit einer der Schneeflocken zu tauschen, die vorn an der Bühne steht und tanzt.

Mein Blick huscht über die Menge, die sichtlich amüsiert ist. Einige zeigen sogar mit dem Finger auf mich und lachen laut, schließlich bin ich die einzige große Schneeflocke, jedoch mit dem kleinsten tänzerischen Talent.

Und dann trifft mein Blick auf Niklas', der mich entgeistert mit offenem Mund anstarrt. Er schüttelt langsam den Kopf. Alles in mir möchte zu ihm hinuntergehen, aber wie heißt es so schön: The show must go on.

Selbst ich staune darüber, was Lasse zustande gebracht hat, um mir zu helfen. Die Aufführung, die ein voller Erfolg ist, ist zu Ende und nun stehe ich hier, beleuchtet von einem Scheinwerfer.

Ich greife nach dem Mikrofon und erschrecke, wie laut mein Räuspern klingt. Ich blinzle gegen das Licht an und versuche mir mit der Hand als Schirm Schatten zu spenden. Doch Niklas' Gesichtsausdruck kann ich nur erahnen.

»Mach schon«, drängt Lasse zischend hinter der Bühne und ich räuspere mich erneut.

»Niklas, ich liebe dich. Ich …«

Ich komme nicht dazu, weiterzusprechen, weil tosender Applaus durch die Menge geht und mein Herz noch ein wenig höher schlagen lässt.

»Lasst sie doch mal weitererzählen!«, setzt sich eine dunkle Männerstimme, die sich nach Eriks anhört, durch. Es wird ruhiger und ruhiger, bis nur noch meine eigene Atmung im Mikrofon die Stille durchbricht. Jetzt ist es an der Zeit, weiterzusprechen.

»Niklas, ich habe dir in den letzten Wochen nicht nur einmal gesagt, wie wenig ich mit Weihnachten anfangen kann. Dass ich hier stehe, beweist allerdings das Gegenteil, oder was meint ihr?«

Die Menge klatscht und einige grölen sogar. Auch Niklas applaudiert und steht auf.

»Aber«, unterbreche ich den Applaus. »Das alles habe ich allein dir zu verdanken. Dank dir weiß ich, was es bedeutet, jemanden bedingungslos zu lieben. Ich habe es dir nicht leicht gemacht, habe es uns nicht leicht gemacht. Du warst trotzdem da, immer wieder. Hast um mich gekämpft, mein geschundenes Herz geheilt und nebenbei unsere Familie gerettet. Du sagtest, solange der Himmel grün zu leuchten vermag, ist alles möglich. Aber ich glaube, es ist nicht der Himmel, du bist es, der das in mir auslöst. Solange du mich liebst, habe ich das Gefühl, unbesiegbar zu sein. Ich verspreche dir, egal welche Farbe der Himmel hat, ab jetzt werde ich immer für dich, für uns kämpfen. Denn du bist meine Familie.«

Mein Blick ist auf Niklas gerichtet, der sich nicht einen Millimeter bewegt. Und auch sonst gibt keiner einen Laut von sich. Ein kollektives Atemanhalten, an dem ich lieber teilnehmen würde, als hier oben zu stehen. Aber für Niklas würde ich so einiges tun, jetzt und bis in alle Zeit, das ist mir in den letzten Tagen mehr als bewusst geworden.

»Du bist meine Antwort auf alle Fragen, die ich jemals hatte, und auch auf die, die ich nicht kenne. Und auch wenn zwischen uns nicht alles perfekt ist, weiß ich, es braucht für mich keinen Plan, keinen Ort, um glücklich zu sein.« Ich schweige einen Moment, streiche mir durchs Haar und sortiere meine Worte. Dann fahre ich fort. »Ich werde niemals aufhören dich zu lieben, solange der Himmel sich grün färben kann, und niemals wirst du mich loswerden. Du kannst hingehen, wo immer du willst, das wird genau der Ort werden, an dem du mich finden wirst.«

Ich wünschte, ich könnte erkennen, wie er reagiert, doch die Scheinwerfer sind noch immer zu hell. Wahrscheinlich habe ich mich gerade zu einer kompletten Idiotin gemacht.

»Niklas …« Ich strecke die Hand nach ihm aus und halte den Atem an.

Langsam steht er auf. Und dann sprintet er drei große Schritte und hüpft mit einem Satz auf die Bühne zu mir. Jetzt steht er direkt vor mir und hebt mich hoch. Ich schlinge meine Beine um seine Hüfte und wir ernten lauten Applaus. Als er mich langsam wieder absetzt, genügt ein Blick in seine Augen, um mir zu zeigen, dass sich jede Blamage, sogar diese knallengen, blauen Leggings, gelohnt haben.

»Du bist doch völlig verrückt«, sagt er und ich nicke.

»Das bin ich. Verrückt nach dir.«

Mittlerweile steht das ganze Dorf und klatscht, bis ein gleichmäßiger Rhythmus durch das Publikum geht. »Küssen, küssen!«, rufen einige aus der Menge. »Ja, küss sie!«

Seine Augen glänzen im grünlichen Licht einer Bühnenlampe, die Lasse leuchten lässt. »Solange sich der Himmel grün färben kann, werde ich dich lieben«, flüstert er mir ins Ohr.

»Egal, welche Farben der Himmel hat. Ich will dich und ein Leben mit dir. Denn weißt du was, jeder Moment, den ich mit dir erlebe, ist so aufregend wie Küsse in der Polarnacht. Das weiß ich jetzt.« Mit einem Lächeln stelle ich mich auf meine Zehenspitzen.

Unsere Lippen verbinden sich zu einem Kuss, der unter dem Beifall der Lillaströmer unsere Zukunft verspricht. Mit Niklas bin ich endlich angekommen.

ENDE

Liebe*r Leser*in,
du kriegst nicht genug von Lillaström und seinen Bewohnern? Mit den folgenden Romanen kannst du in das schwedische Dörfchen zurückkehren:

* »Liebe auf Glatteis« von Emma Wagner
* »Träume im Winterland« von Mela Wagner
* »Knistern im Schneesturm« von Saskia Louis
* »Glück unter Sternschnuppen« von Ellen McCoy

In jedem Buch geht es um ein anderes Pärchen.